3대에 걸친 격동의 서스펜스 파노라마

평 행 선

평 행 선

홍경석 소설가 장편소설

개미

이 소설은 제목처럼 '평행선'의 위험성을 내재하고 있다. 평행선(平行線)은 사전적 의미처럼 같은 평면 위에 있는 둘 이상의 평행한 직선, 그리고 함께 대립하는 양자의 주장 따위가 서로 합의 없이 그 상태를 유지하는 것을 비유적으로 이르는 말이다. 이 책은 한 가장(家長)의 평행선 질주가 보여주는 후과(後果)를 담았다.

가장이 그처럼 무모하게 평행선을 달렸다손 쳐도 배우자가 이를 제어하고 순응하면서 교정을 했더라면 이들 부부 역시 결코 비극이라는 탈선의 길을 만나지 않았을 것이었다. 하지만 이들은 극단적으로 평행선을 고수하며 질주했다.

그 결과, 파국은 필연적으로 찾아왔으며 그 상처와 파편은 고스란히 두 사람이 남긴 씨앗인 아들의 몫이 되었다.

이러한 평행선의 위험과 중차대함을 인지한 주인공 아들은 와신상담(臥薪嘗膽)의 자세와 초지일관(初志一貫)으로 이를 수직선

(數直線)으로 교정하고 치환하며 살고자 고군분투했다.

지금 우리 사회는 각계 각층에서 평행선의 위험을 노정(露呈)하고 있다. 정치권의 여와 야 극한투쟁, 빈부격차의 심화, 노동계 갈등 등 평행선의 질주 행태는 차고 넘친다. 저자는 이런 현실을 간과할 수 없어 펜을 들었다.

비록 소설은 처음이고 또한 여러 가지로 부족한 점이 아주 많았다. 그럼에도 용기를 내어 이 책을 얼추 무모하게 내는 것은 주변의 문인과 지인들 성원 덕분이다. 그래서 집필 중에 몇 번이나 포기를 하다가도 다시 용기를 내 글을 쓰게 되었다.

비록 전체적 내용이 덴덕스럽기(덴덕스럽다 : 산뜻하고 개운한 맛이 없고 좀 더러운 느낌이 있다)는 하겠으되 너르신 아량으로 읽어주신다면 더 바랄 나위가 없겠다. 필자는 이 책을 집필하면서 새삼 가정의 중요함을 깨달았다. 당연한 얘기겠지만 가정이 평안하면 그게 곧 사랑이며 평화이다.

평안한 가정은 안정감과 행복을 제공하며, 가족 구성원들이 서로를 지지하고 신뢰하는 환경을 형성한다. 이러한 가정에서는 갈등이 해소되고 의사소통이 원활하며, 서로의 필요와 관심사에 대해 배려하는 문화가 형성된다.

또한 평안한 가정에서는 각 구성원이 개개인의 역할과 책임을 이해하고 이행한다. 가족 구성원들은 서로의 성장과 발전을 존중하며, 각자의 개인적인 목표와 꿈을 추구할 수 있도록 지원하기 때문이다.

이렇게 함께 성장하는 과정은 가족 간의 유대감과 결속력까지 강화된다. 또한, 평안한 가정은 가족 구성원 간 서로의 관심사와 활동에 관심을 가지고 함께 참여하며, 상호 간에 지속적인 지지와 격려를 제공한다.

또 다른 사회가 바로 가정인 이유가 여기에 있다. 가화만사성(家和萬事成)은 불변의 이치다. 제아무리 떵떵거리는 부자일지라도 가정이 불안하면 사상누각(沙上樓閣)이다.

부디 이 책이 가화만사성을 제고하고 더 튼실한 가정의 정립이 돼 준다면 작가로선 이게 바로 최고의 기쁨이 될 것이다.

2023년 8월 대청호 명상정원에서
홍경석

차례

평행선

1

풍운역(風雲驛)을 떠난 기차는 새까만 밤과 정적까지 뚫고 마구 질주하기 시작했다. 객차에 몸을 실은 봉기는 착잡했다. 그도 그럴 것이 이제 아버지와는 영영 이별인 때문이었다. 그 생각을 하자 갑자기 눈물이 펑펑 샘솟았다. 초장부터 이렇게 나약해서야 그 험하다는 서울 객지에서 어찌 버티며 살 수 있을까?

봉기는 생각을 고쳐먹었다. 맞다. 나는 좀 더 강해져야 한다! 그래야 서울에서 반드시 성공하여 금의환향을 할 수 있을 테니까. 그러면 고생만 하면서 알코올에 중독이 된 아버지도 구제할 수 있을 것이었다. 봉기가 가출을 감행한 건 아버지의 지독한 알코올 중독이 원인이었다. 술을 한 번 입에 댔다 하면 한 달 가까이 식음을 전폐하며 오로지 술만 마셨다. 그러니 진작 가산은 탕진되었고 공부를 잘했던 봉기는 중학교에 갈 수 없었다. 당시 봉기가 처한 사면초가와 고립무원의 암담한 상황에서 중학교 진학은 정말 사치였다.

"너는 틀림없이 서울대 갈 놈!"이라며 호언장담했던 담임선생님조차 멀쑥해졌다.

"서울대? 웃기는 소리 마세요. 중학교조차 못 간 놈이 얼어 죽을 무슨 서울대입니까?"

이유 있는 타박을 앞세우며 봉기는 속으로 코웃음을 쳤다. 기차는 어느덧 서울역에 도착했다. 우리나라 수도이자 인구 제일의 대도시인 서울이었다. 문득 생각이 났다.

"서울 사람은 코도 베어간다!"

라는 말이 떠올랐다. 봉기는 서둘러 자신의 코를 만져봤다. 멀쩡했다. 봉기는 스스로도 웃기다 싶어 배를 잡았다. 서울역을 빠져나오니 초등학교 2년 선배인 윤재용이 마중을 나와 있었다. 재용 선배는 봉기의 바로 옆집에 살았다. 성정이 곱고 예의도 밝았다. 또한 어려운 가운데서도 봉기가 공부를 잘한다며 아끼곤했다. 그런 믿음직한 선배였기에 봉기는 자신의 가출 사실을 가장 먼저 알렸던 것이다. 아울러 도움을 청했다. 재용 또한 봉기가 처한 어려움과 안타까움을 진작부터 알고 있었다. 허구한 날 술에 취해 인사불성이 되는 봉기의 아버지, 그로 인해 학교에도 제대로 갈 수 없었던 봉기의 처참한 현실을.

그뿐인가, 봉기는 남들은 다 있는 엄마조차 없었다. 그야말로 사면초가였다. 봉기의 엄마는 봉기가 생후 첫돌을 즈음하여 집을 나갔다. 아버지와의 불화가 원인이었다고 훗날 아버지 장태일에게서 들었다. 봉기는 더 이상 캐묻지 않았다. 그래봤자 그건 아버지의 속을 다시금 뒤집는 것일 테고 알아봤자 엄마가 다시 돌아온다는 보장도 없었기 때문이다. 봉기는 윤재용을 보자마자 꾸벅 인사를 했다. 재용은 악수를 청했다.

　"밥은 먹었니?"

　봉기가 고개를 좌우로 흔들자 재용은 봉기의 손을 잡고 근처의 허름한 식당으로 들어갔다.

　"술은 할 줄 아니?"

　"술이라면 지긋지긋합니다."

　재용은 명주바람으로 웃으며 국밥과 소주도 한 병 시켰다. 소주를 두어 잔 마신 재용이 말했다.

　"오늘은 이 근방 여인숙에서 자거라. 그리고 내일은 나랑 인천으로 가자. 제물포에 있는 철공장인데 네가 일할 수 있는 자리를 하나 알아봐달라고 아는 지인에게 미리 말해뒀으니까."

　셈을 치르고 식당을 나온 재용은 봉기를 싸구려 여인숙에 들이밀었다. 숙박비도 지불했다.

　"나는 내일 아침 여덟 시까지 올 테니까 어디 가지 말고 여기 그대로 있어라. 아침 같이 먹고 인천으로 가자."

"고맙습니다. 조심해서 가세요."

여인숙은 허접했다. 이부자리도 이런저런 얼룩으로 도배되어 있다시피 했다. 그런 건 참을 만했다. 어려서부터 찢어지게 가난했기에 삶의 지저분한 얼룩에 만성이 된 때문이었다.

"어젯밤에 잠 잘 잤니?"

"네, 덕분에 잘 잤어요."

아침밥을 먹은 둘은 인천을 향해 출발했다. 이윽고 도착한 곳은 제물포역. 봉기가 일하게 될 공장은 제물포역 뒤에서 약 10분 거리에 있었다.

공장에 들어서기 전부터 철공장답게 이런 저런 기계 돌아가는 소리가 육중하게 들려왔다. 입구에 들어선 재용은 공원 하나에게 물었다.

"이창원 씨 좀 불러줄래요?"

잠시 후 모습을 드러낸 이창원은 재용보다 덩치가 훨씬 컸다. 첫인상이었지만 우락부락한 게 마치 깡패처럼 보였다.

"내가 얘기했던 아이야. 잘 부탁한다."

재용은 돌아갔고 그날부터 봉기는 일을 시작했다. 창원은 봉기를 데리고 다니면서 공장 내부를 보여줬다. 펄펄 끓는 쇳물을 식힌 뒤 롤러로 밀어 얇게 펴 냄비 따위를 만드는 업종이었다. 위와 아래서 내려오고 올라가는 구조의 롤러는 덩치가 대단히 컸다. 그리고 그 가운데로 통과하는 모든 것을 순식간에 평평하

평행선

게 만들어 주는 신통방통한 재주까지 지녔다. 그걸 보면서 봉기는 아찔했다. 자칫 잘못하여 사람이 그 틈새에 낀다면? 불길한 예감은 맞는다고 했던가. 그러한 우려는 참혹한 현실로 다가왔다.

봉기가 그 공장에서 일한 지 일주일이 되는 날이었다. 그 날도 일을 하고 있었는데 찢어지는 비명소리가 터졌다.

"으악~ 내 손, 내 손!"

일하던 사람들이 모두 그 비명이 나는 곳으로 우르르 달려갔다. 실로 참혹한 장면이 눈앞에 펼쳐졌다. 일하던 직공, 그것도 들어온 지 며칠 되지도 않은 신참 어린 아이의 손이 그만 그 롤러 사이에 끼어들어 갔던 것이다! 그로 말미암아 그 아이는 순식간에 왼손 전체가 녹아 없어졌다.

대경실색한 직원들은 서둘러 소방서로 전화했다. 금방이라도 죽을 듯 비명을 지르는 그 아이는 봉기보다 어렸다. 초등학교만 겨우 졸업하고 돈을 벌자고 그 공장에 들어온 아이였다. 각자의 일이 바빠서 직접 대화를 나눠보진 못했지만 이미 소문이 돌아서 그 정도는 봉기도 인지하고 있었다.

묵직한 공포감이 봉기를 압도했다. 온몸이 떨리고 땀까지 비오듯 쏟아졌다. 달려온 공장장은 소독약과 붕대를 가져오라고 한 뒤 그 아이의 절단된 손목 부근을 감쌌다. 잠시 후 달려온 구급차에 그 아이가 실려 가는 모습을 보고도 공장의 모든 사람들은 쉽사리 일손을 잡을 수 없었다.

가까스로 작업을 재개했지만 분위기는 이미 일에 대한 몰입은 커녕 '나도 언젠가는 저처럼 졸지에 불구자가 될 수도 있다!'는 공포심이 전신을 포박했다. 공장에서 주는 점심을 먹으면서도 공장 사람들의 공통된 화두는 그 아이의 산재 사고(産災事故)였다. 밤이 되어 일을 마치고 공동이 기거하는 기숙사 형태의 추레한 방에 들어섰지만 아까 낮의 그 참상이 떠올라 봉기는 도저히 잠을 이룰 수 없었다.

엄마는 젖먹이 자신과 남편을 버리고 집을 나갔다. 아무리 백수의 제왕인 사자일지라도 새끼 때 부모 사자들이 죽으면 남겨진 그 새끼들의 생존율은 제로에 가깝다. 그와 유사하게 봉기는 너무도 일찍부터 엄마 없는 불행의 크레바스에 갇히고야 말았다.

설상가상 아버지는 절망에 빠져 허구한 날 술독만 뒤졌다. 가뜩이나 가난했던 집안은 더욱 쑥대밭이 되었다. 집안의 대들보이자 돈을 벌어와야 살 수 있는 위치에 있는 가장이 바로 아버지다.

그런데 아버지는 그처럼 가장의 책무마저 방기하다 보니 봉기는 국민학교도 겨우 다닐 수 있었다. 반에서 1등을 달렸어도, 시험을 봤다 치면 100점을 질주했음에도 봉기에게 있어 중학교라는 문턱은 히말라야(Himalayas)산맥처럼 오르기 힘들었다.

평행선

초등학교 6학년 재학 당시 봉기는 소위 뺑뺑이를 돌려 C 중학교에 낙점이 되었다. 그런데 등록금을 낼 수 없었다. 누구 하나 도움을 주는 곳도, 그렇다고 도움을 청할 곳조차 없었다. 세상은 그처럼 비정했다. 하기야 보릿고개 시절을 갓 벗어난, 여전히 우중충한 경제의 1950년대 후반~1970년 초반이고 보니 당시 상황은 다들 그렇게 본인과 내 식구들의 입을 채우기에도 급급했다.

따라서 남의 집 아이야 굶든 말든, 중학교를 가든 말든 그에 대한 관심은 사실상 사치의 영역이었다. 더군다나 봉기네는 진작부터 이웃들에게서도 무관심이자 일종의 불가촉천민(不可觸賤民)이 된 지 오래였다. 불가촉천민은 접촉할 수 없는 천민이란 뜻으로, 인도의 카스트 제도에서 사성(四姓)에 속하지 않는 가장 낮은 신분의 사람들을 통틀어 이르는 말이다.

인도의 세습적 계급 제도인 '사성'은 승려 계급인 브라만, 귀족과 무사 계급인 크샤트리아, 평민인 바이샤, 노예인 수드라의 네 계급을 기원으로 현재는 2,500종 이상의 카스트와 부카스트로 나뉜다. 계급에 따라 결혼, 직업, 식사 따위의 일상생활에 엄중한 규제가 있다. 하층민일수록 생활의 질은 더욱 추락하며 교육은커녕 하루하루 먹고살기에도 급급한 게 현실이다. 이러한 계급사회는 한국이라고 다를 바 없었다.

다만 인도처럼 법이나 선(線)으로 그어지지만 않았을 따름이었다. 그렇게 처참한 현실에서 탈출하고자 봉기는 얼추 무작정 상경을 한 것이었다. 그리곤 인천이라는 항구도시로까지 흘러들어왔다. 이런 걸 보면 사람의 인생이라는 것은 불과 한 치 앞조차 가늠할 수 없는 미로를 점철하는 것이지 싶었다. 밤새 뒤척이며 불면의 고통에 시달리는 봉기와 달리 다른 직원들은 코를 드르릉 골면서 잘도 잤다. 추측하건대 낮에 벌어졌던 참극을 강 건너 불구경하는 듯싶었다.

아니면 그런 산재 사고가 빈번하여 아예 만성이 되었거나. 이튿날부터 봉기는 더욱 정신을 똑바로 차리자고 자신을 격려했다. 그렇지 않으면 봉기 또한 평생 장애인이 될 수도 있는 순식간의 산재로부터 결코 자유로울 수 없었기 때문이다.

그런데 그러한 사고가 또 이어졌다. 이번에도 봉기 또래의 아이가 롤러에 왼쪽 손이 들어간 것이다. 공장은 다시금 아비규환으로 변했다. 봉기는 더 이상 참을 수 없었다. 엄마 없이 살아온 세상도 억울하거늘 거기에 더하여 장애인까지 된다면 필경 극단적 선택 밖에는 자신에게 남을 게 없다는 현실 인식에 눈을 뜬 것이었다. 일하던 직공, 아니 아이가 병원으로 실려 간 뒤 봉기는 공장장과의 면담을 요청했다.

"저, 오늘부로 당장 그만두겠습니다!"

2

봉기가 달랑 한 장뿐인 종이에 작별 편지를 써놓고 엄동설한 이상으로 싸늘하게 가출한 뒤로 장태일은 늘 그렇게 마음이 텅 비는 느낌이었다. 처음엔 너무 충격을 받아서 이틀 동안 밥 한 술조차 뜰 수 없었다. 그도 그럴 것이 태산처럼 믿었던 아들놈이 제 아비를 배신하고 집을 나가? 천하에 나쁜 놈 같으니라고! 마누라는 그렇다 치더라도 아들마저 자신을 버리고 떠날 줄은 정말이지 꿈에도 몰랐다.

좌절의 늪에 함몰된 태일은 또 술을 마시기 시작했다. 그러나 그 술은 더 이상 술이 아니었다. 허구한 날 밥을 먹지 않고 술만 마셔댄, 그래서 빈속을 뚫고 들어가 내장을 마구 후벼 파는, 날이 시퍼런 예리한 과도였다. 더군다나 새벽의 공복에 마시는 소주는 취하는 것도 특급열차였다.

몇 잔 마시지도 않았는데 몸이 말을 듣지 않았다. 휘청하면서 앞으로 고꾸라졌다. 이런, 이젠 술이 나를 제어하는구나. 하기야 술에 장사가 있었던가!태일은 몽롱한 가운데서도 봉기가 쓴 편지를 다시 봤다.

"아버지 죄송합니다. 저는 집을 나갑니다. 이렇게 살다가는 죽도 밥도 안 된다는 걸 깨달았습니다. 그래서 저는 서울 가서 돈 많이 벌어 돌아오겠습니다. 그러니 제발 술 좀 그만 잡수시고 마음을 잡으시기 바랍니다. 지금처럼 그렇게 술만 드시면 아버지도 얼마 못 사십니다. 다시 한 번 간곡히 부탁드립니다. 술 끊으시고 예전의 멋쟁이였던 아버지로 돌아오십시오. 불효자 봉기 올림."

만취한 바람에 봉기가 쓴 글씨는 상하좌우로 크게 흔들리게 보였지만 태일은 그 글자 하나하나가 가슴속에 들어와 박히는 예리한 유리 조각이자 시퍼런 칼날이었다. 태일은 자신을 책망하며 꺼이꺼이 울었다. 하지만 울면 뭐하나 이미 떠나 버린 열차이자 활시위를 떠나 버린 화살인 것을. 태일이 봉기 엄마 연숙을 만난 것은 의원(醫院)에서였다.

그 즈음 주먹세계의 '오야붕'이었던 태일은 상대편 측의 집단 기습 공격에 상처를 크게 입었다. 그래서 의원에 입원한 태일은 정성으로 자신의 간호를 맡았던 간호부(看護婦) 연숙에게 그만 마음이 기울었다. 키는 작았으나 용모는 가히 빙기옥골(氷肌玉骨) 이었다. 하지만 연숙은 태일이 건달 왕초라는 사실을 인지하곤 두려움을 크게 느꼈다. 태일의 입원실 앞을 지키며 보초를 서고 있는 건달들은 하나같이 보는 것만으로도 충분히 공포감을 안기 기에 부족함이 없었다.

따라서 태일의 병실에 들어설 때마다 연숙은 전신이 후들후들 떨렸다. 그도 그럴 것이 자신이 매일 만나야 하는 환자는 지역의 주먹세계를 평정한 무시무시한 왕초였기 때문이었다. 태일이 입 원해 있는 동안 그의 부하는 물론이요, 나이가 지긋한 소위 지역 유지라는 사람들도 연일 방문하였는데 그 숫자가 대단했다.

연숙은 계속되는 무서움에 원장에게 다른 간호부로 바꿔 달라 고 했으나 역부족이었다. 소심한 원장은 전혀 그럴 마음이 없었 다. 괜히 간호부를 바꿨다가는 경을 칠까 두려웠기 때문이다. 태 일은 의원에 열흘 이상 입원했다. 퇴원을 앞두고 다시 건강을 되 찾은 태일은 자신의 병구완에 정성을 쏟아 준 연숙에게 고마움 을 표하며 저녁 식사 대접을 청했다.

하지만 연숙은 그와 같이 밥을 먹는다는 것조차 싫었다. 그렇 다고 면전에서 대놓고 그런 속내를 드러낸다는 건 어려웠다.

"미안합니다. 워낙 병원 일이 바빠서요. 그리고 퇴근하면 할 일도 산더미처럼 많아서 시간을 내기가 어렵습니다. 마음으로만 받겠습니다."

순간 태일은 극도의 모멸감을 느꼈다. 감히 내가 초청한 식사 대접을 무시해? 내가 말하는 것은 더 이상 말이 아니라 명령인 데? 부아가 치민 태일은 원장실로 쳐들어갔다.

"원장님 나하고 얘기 좀 합시다."

원장은 사시나무 떨듯 무서워했다.

"네? 제가 뭐 잘못한 거라도?"

태일은 소파에 앉아 거들먹거렸다.

"날 담당한 오연숙 간호부 말입니다."

"네. 그런데 오연숙 간호부가 선생님한테 뭘 잘못이라도 했나 요?"

"그게 아니라 그동안 수고가 많았길래 내가 밥 한 끼 산다고 했더니 한 마디로 거절하는 게 아닙니까! 날 얼마나 무시했으면 단칼에 거절을 하느냐 이 말이요. 잔소리 말고 오늘 저녁에 원장 당신이 오연숙 간호부 데리고 역전 공화춘으로 같이 나오슈. 시 간은 오후 7시요. 알았소?"

그것은 협박이었다.

에누리속 같은 좁은 심보의 원장은 등 뒤에서 식은땀이 주르 르 흘러내렸다.

"걱정 마십쇼! 제가 책임지고 데리고 가겠습니다."

당시 '공화춘'은 풍운시내서 가장 번화가에 위치한 최고급의 중화요리 전문점이었다. 돈이 있고 방귀 좀 뀐다는 자들은 주로 여기서 만나 작당하고 술을 마셨다. 태일의 단골 아지트이기도 했다. 공화춘 사장은 화교였는데 장사 수완이 보통이 아니었다. 그래서 풍운시 시장은 물론이요, 정치인과 사업가들도 여기를 모르는 사람이 없었다.

주먹으로 풍운시를 석권한 태일 역시 공화춘을 뒷배로 봐주면서 매달 일정액을 상납받고 있었다. 다수의 영업장에서 그처럼 받은 상납금으로 조직관리를 했던 태일은 가히 무소불위의 권력을 과시했다. 그러한 태일을 무너뜨리고자 전국의 수많은 건달과 주먹들이 도전했지만 모두 역부족이었다. 타고난 맷집과 강철같은 주먹의 힘은 그 누구도 범접할 수 없는 최고의 주먹쟁이로 손색이 없었다. 공권력도 그의 앞에선 힘을 쓰지 못했다. 그가 거느리고 있는 폭력조직의 힘이 무서웠기 때문이다. 그래서 누군가는 심지어 이렇게 말했다. 태일은 제2의 알 카포네에 버금가는 인물이라고.

알 카포네(Al Capone)는 1920년대와 1930년대 미국에서 발효된 금주법 시대에 시카고를 주 무대로 활동했던 폭력조직 두목이다. 뉴욕 브루클린 태생이며, 남부 이탈리아 출신 이민자의 아들로 태어났다. 그가 이끌었던 시카고 아웃핏(Chicago Outfit)은 미국 서부에까지 영향을 미치는 대 조직으로 성장하였다. 그는

'밤의 대통령'이란 별명을 얻게 된다.

1927년에는 '한 해 총수입이 1억 달러인 세계 최고의 시민'으로 기네스북에 등재되었다. 도박, 매춘, 밀주 등으로 벌어들인 돈이었다. 그런데도 아이러니한 것이 알 카포네는 알베르트 아인슈타인, 헨리 포드와 함께 당시 시카고의 젊은 사람들이 가장 존경하는 인물 중 하나였다는 사실이다. 당시나 지금이나 돈을 최고의 가치로 여기고 숭배하는 사상을 의미하는 배금사상(拜金思想)은 변함이 없었지 싶다. 알 카포네는 금주령 시절, 밀주로 특히 많은 돈을 벌었다고 한다.

1931년 미국 재무부 특수 수사관이었던 엘리엇 네스에 의해 '탈세' 혐의로 기소되었으며, 1932년 앨커트래즈 섬에 유폐되었다. 1939년 석방된 뒤에는 마이애미에서 조용히 지냈다. 1932년에 매독에 걸리게 되었는데 이 무렵 매독은 불치병이었기 때문에 오랫동안 투병하다가 1947년 뇌출혈과 폐렴으로 사망했다.

물론 태일은 알 카포네의 말만 들었지 정작 그의 정체에 대해선 관심이 없었다. 다만 누가 말해서 그를 조금은 아는 그런 정도였다. 여하간 그날 저녁, 원장은 연숙을 데리고 공화춘으로 들어섰다. 한사코 거부하는 연숙과 동행할 수 있었던 것은 원장의 협박 반 읍소 반이 주효했다.

"오늘 만나는 장태일이라는 그 건달 왕초는 별명이 '무송'이라고. 중국 고전 '수호지'에 나오는, 호랑이도 맨손으로 때려죽였다는 그 무송이 알지?"

"네. 저도 수호지를 읽어본 적이 있어요."

"장태일은 그 무송이만큼 살인적인 주먹의 소유자라는 거야. 그러니 오늘 나랑 공화춘에 가서 그가 대접하는 음식 잘 먹고 적당히 비위만 맞춰주면 돼."

"그래도 저는 가기 싫어요!"

"나를 한 번만 살려주라! 내가 이렇게 빌게."

원장은 비굴하고 어색하게 웃었다. 공화춘의 널찍하고 근사한 방을 예약한 뒤 먼저 와있던 태일에게 원장은 코가 땅에 닿도록 인사했다. 그리곤 한시라도 빨리 달아날 생각이 뇌리를 가득 장악했다.

"저는 그럼 먼저 가도 되겠지요?"

태일은 호탕하게 웃으며 부하인 망치를 불렀다.

"잠깐만요. 야, 망치야~"

"네 형님!"

방 앞에서 마치 호위무사처럼 대기하고 있던 덩치가 어마어마한 망치가 불쑥 들어섰다.

"이 원장님께 맛있는 고급 요리로 잘 모셔라."

"네, 알겠습니다."

망치의 뒤를 엉거주춤 따라가는 원장의 모습은 마치 위풍당당한 사자의 꽁무니를 쫓아가는 비굴한 너구리처럼 보였다.

혼자 남게 된 연숙은 너무 무서웠다. 원장의 강요에 의해 마지못해 끌려오긴 했지만 정말이지 죽을 맛이었다. 그렇지만 이젠 엎질러진 물이었다. 태일은 흡족한 표정을 지으며 장승처럼 서 있는 연숙을 자신의 곁에 와서 앉으라고 했다.

쭈뼛쭈뼛하면서도 태일의 '명령'을 거절했다가는 무슨 사달이 일어날지 몰라 연숙은 전전긍긍하지 않을 수 없었다. 태일은 그런 연숙의 마음을 모를 리 없었다. 그래서 더욱 호감이 갔다. 그 호감은 그녀를 정복하겠다는 흑심이 발로였다. 연숙은 잘 마시지도 못하는 술이었건만 태일의 잇따른 강요에 술을 자꾸만 마시게 되었다. 그 술이 화근이었다.

그날 밤 연숙은 태일에게 그만 몸을 빼앗기게 되었다. 만취하여 비몽사몽하던 와중에도 연숙은 말했다.

"안 돼요! 안 돼요!"

를 거듭했지만 태일은 그녀를 농락했다. 열아홉 동정(童貞)이 순식간에 사라졌다. 이튿날 눈을 뜬 연숙은 발가벗겨진 자신의 몸뚱이 곁에서 잠을 자고 있는 태일을 보는 순간, 경악을 금치 못했다. 아, 도대체 이게 뭐야! 나는 앞으로 어찌 살아야 하나. 집에서 이 사실을 알면 가뜩이나 완고한 부모님은 얼마나 노발대발에 극도의 실망까지 하실까?

연숙은 아무렇게나 내던져진 자신의 옷을 주섬주섬 입으면서도 쏟아지는 회한(悔恨)의 눈물을 제어할 수 없었다. 원장 아니라 원장 할아버지의 명령일지라도 애초 태일에게 가는 게 아니었다. 끝내 자신의 경거망동했던 처신을 용서할 수 없었던 연숙은 급기야 크게 소리 내어 울기 시작했다. 그 소리에 태일이 눈을 떴다.

"아침부터 여자가 왜 그렇게 재수 없게 울어?"

여관방에는 둘 말고는 아무도 없었다. 잠시 적절치 않은 적요가 흘렀다. 태일의 고함에 연숙은 깜짝 놀라며 울음을 멈추었다. 순간 부끄러움이 전신을 적셨다. 다 나의 자업자득이었다. 후회막급이긴 했지만 다 나의 불찰 때문 아니었던가?

연숙은 시나브로 자포자기 심정으로 모든 걸 내려놓기로 했다. 눈물을 훔친 연숙은 옷을 주섬주섬 챙겨 입었다. 태일은 연숙이 여관 문을 조용히 닫고 나갈 때까지 함구했다. 전날 밤의 과음으로 속이 타기에 주전자에 담긴 물을 벌컥벌컥 들이켜곤 다시 누웠다. 태일이 잠시 더 눈을 감았을 무렵 밖에서 인기척이 들렸다. '꼬붕'인 망치였다.

"형님 일어나셨습니까?"

"응, 들어오거라."

망치는 태일이 갈아입을 속옷과 양말에서부터 근사한 신사복까지 세탁소에서 찾아서 가지고 왔다. 당시 태일의 삶은 그만큼 누구도 부러울 것 없는 최고의 조건이자 환경이었다. 목욕을 한 뒤 옷을 갈아입은 태일은 망치를 앞세우고 풍운역 앞 〈아테네 다방〉으로 들어섰다. 태일의 부하들이 진을 치고 있다가 벌떡 일어나며 일제히 허리를 꺾었다.

3

　사흘이나 결근한 연숙은 식음을 전폐하다시피 했다. 그러면서
울고 또 울었다. 그러나 이미 떠나간 막차였다. 당시 연숙은 이
모가 경영하는 하숙집에서 살았다. 방은 아홉 개가 있었는데 그
중 하나를 연숙이 썼다. 이모는 밥 한 술조차 뜨지 않고 두문불
출하는 연숙이 너무나 안쓰러웠다. 이모는 하숙을 치면서 밥도
해 주었는데 연숙이 며칠 동안이나 누워만 있자 무언가 큰 사달
이 발생했다는 사실을 짐작했다. 하지만 몇 번이나 물었어도 고
집쟁이 연숙은 끝내 입을 열지 않았다.

　'저것도 형부를 닮아서 아주 성깔이 대단한 년이지? 아무튼
뭔 일이 있어도 있었을 게 틀림없어!'

　사흘 연속 결근하자 의원에서는 사람을 보냈다.

"몸이 너무 아파서 못 나갔어요. 원장님한테 다른 간호부 뽑아서 쓰라고 하세요."

그러나 엄연히 전문 인력이자 국가 자격증까지 소지한 의료인인 간호부를 마치 새벽 인력시장에서처럼 일당 치기로 채용하여쓸 수 있는 구조가 아니었다. 원장은 고민에 빠졌다. 그렇지만자신으로 말미암아 연숙이 궁지에 빠졌음을 잘 아는지라 뭐라고말 할 처지도 못 되었다. 원장은 더 두고 보기로 했다.

이모는 그날도 연숙이 밥을 거부하자 작심했다. 언니, 즉 연숙의 엄마를 찾아가기로 했다. 그러고 보니 언니를 본 지도 꽤 되었다. 고운 한복으로 갈아입은 이모 박윤경은 고향인 연미읍으로 가는 버스에 올랐다. 먹고 산다는 게 뭔지 언니를 본 게 과연언제였던가? 윤경과 언니 박윤애는 두 살 터울이다. 사이가 너무 좋아서 어려서부터 동네 사람들의 칭찬이 자자했다.

그렇지만 시집을 오고 나서는 만나기가 수월치 않았다. 유복했던 친정과 달리 시집은 그렇지 못했다. 아이를 셋이나 낳은 터여서 아이들 바라지만으로도 아주 버거웠다. 하숙을 치는 방이다 나간다면 경제적 어려움이 없겠지만 현실은 그렇지 않았다.

덜컹거리는 버스를 타고 4시간 가까이 달렸다. 버스에서 내리니 반가운 방앗간이 눈에 들어왔다. 버스는 뽀얀 먼지를 날리며금세 시야에서 사라졌다. 윤경은 여전히 동네에 하나뿐인 구멍가게에서 형부께 드릴 선물로 담배를 한 보루 샀다. 친정으로 가는 길은 변화가 없었다. 여기저기 초가집에서는 밥을 짓는 연기가 피어올랐다. 반가운 친정의 우뚝한 지붕이 저만치서 손짓했다. 발걸음에 힘이 붙었다. 윤경은 단걸음에 달려가 친정집 대문을 힘차게 두드렸다.

"언니, 형부~"

잠시 후 언니가 맨 먼저 나왔다.

"누구세요?"

"언니, 나 윤경이야."

"응, 네가 웬일이니?"

반가이 맞이한 언니의 손을 잡고 집으로 들어섰다. 안방에서 형부와 어머니가 만면에 미소를 지으며 윤경을 맞았다. 큰절을 올리자 어머니가 윤경의 손을 잡았다.

"소식도 없이 어쩐 일이냐?"

형부 오장부는 담배에 불을 붙이며 동의의 시선을 보냈다.

"그게…"

뜸을 들이자 형부가 버럭 언성을 높였다.

"아무래도 무슨 일이 있어서 온 거 아냐?"

윤경은 연숙이 요 며칠 새 무슨 일이 있긴 있어서 식음을 전폐하고 누워만 있다며 걱정이 되어 왔노라고 이실직고했다. 아울러 아무리 채근해도 도무지 입을 열지 않는다며 울상을 지었다. 윤애는 가슴이 철렁했다. 어려서부터 똑똑했던 연숙은 보란 듯이 간호부에 합격하여 우수한 성적으로 공부를 마친 뒤 병원에서 근무하게 되었다는 자랑스러운 딸이었다. 그래서 마침맞게 여동생인 윤경이 하숙을 치고 있었기에 아무런 망설임 없이 그리로 딸을 보냈던 것이었다. 그랬는데 연숙에게 과연 무슨 사달이 났단 말인가?

윤애는 불안한 마음을 당최 제어할 수 없었다. 서둘러 옷을 챙겨 입었다. 오장부는 돈을 넉넉하게 윤애의 손에 쥐어 주었다.

"무슨 일 있으면 지체 없이 연락해!"

오장부는 지역 유지였다. 널찍한 땅을 가지고 농사만으로도 풍족한 삶을 살았다. 많이 배웠고 평소 베푸는 걸 좋아해서 그를 따르는 사람이 많았다.

오랜만에 딸을 본 윤애는 눈물부터 핑 돌았다. 그도 그럴 것이 첫눈에 보기에도 수척해진 딸은 얼굴에 핏기조차 안 보일 정도였다. 누워있다 겨우 일어난 연숙은 현기증이 나서 도무지 앉아 있을 수조차 없었다. 윤경은 서둘러 연숙을 도로 눕혔다. 그리곤 서둘러 부엌으로 가 미음을 끓이기 시작했다. 그사이 윤애는 연숙을 독촉했다.

"너, 무슨 일 있었지? 제발 말 좀 해봐! 정말 엄마한테도 아무 말 안 할 거야?"

연숙은 겨우 일어나 앉았지만 머리가 팽이처럼 뱅글뱅글 도는 건 여전했다. 베개를 등 뒤에 대고 가까스로 엄마와 눈을 마주쳤다. 엄마의 채근이 이어졌다.

"어서 무슨 말이라도 좀 해 보란 말이야!"

연숙은 참았던 눈물이 폭포처럼 쏟아졌다.

"엄마, 나 죽고 싶어요!"

윤애는 간이 덜컹 떨어져 나가는 듯했다. 금지옥엽으로 기른 딸이 엄마 앞에서 저런 말까지 서슴지 않는다는 것은 분명 엄청난 사건이 발생했었음을 드러내는 것이었다. 딸에게서 자초지종을 들자면 딸의 마음부터 열고 볼 일이었다.

"그래 알았어. 누가 뭐라 하든 나는 네 편이야. 그러니 무슨 말이라도 좋으니, 네가 왜 이러고 있는지 제발 속 시원히 털어놓으란 말이야."

그러자 비로소 마음의 평정을 되찾은 연숙은 휴지로 눈물과 콧물부터 닦았다. 이제야 비로소 말문이 열릴 것을 직감한 윤애는 윤경에게 물 좀 한 그릇 가져오라고 소리쳤다.

마침내 판도라의 상자와 같은 연숙의 말문이 열렸다. 연숙은 속수무책으로 장태일로부터 순결을 빼앗겼고, 그로 말미암아 마음까지 병이 깊게 들어 두문불출할 수밖에 없었노라고 이실직고했다. 윤애는 경악했다. 금지옥엽으로 키운 내 딸이 어쩜 그렇게 하루아침에 속절없이 무너질 수밖에 없었단 말인가. 또한 이 사실을 연숙 아버지가 안다면 또 어떤 풍파가 닥칠 것인가! 윤경

또한 망연자실하여 아예 말문을 닫았다.

　이틀간 나름 백가쟁명을 이룬 끝에 도출해 낸 결과는 결국 당사자인 장태일을 찾아가는 것이었다. 결자해지 차원에서라도 두 사람의 문제인 만큼 장태일을 만나 연숙과의 관계를 어찌할 것이냐를 매듭짓는 것은 어쩌면 당연한 수순이었다. 태일을 만나는 것은 쉬웠다. 그날도 태일은 풍운시의 역 앞 다방에서 레지들을 끼고 쌍화차를 마시며 시시덕거리고 있었다.

　"장태일 씨 맞지요?"

　덜덜 떨리는 것을 어찌어찌 감추며 윤애는 그의 앞에 섰다.

　"맞소만 댁은 누구쇼?"

　거만함이 덕지덕지 붙은 말투였다. 다방 안의 사람들 시선이 일제히 그녀에게 쏠렸다. 윤애는 연숙 엄마의 입장에서 두툼한 부끄러움을 속일 수 없었다. 하지만 그보다 중요한 건 자신의 딸 미래였다. 기껏 보잘것없는 생쥐라 할지라도 그의 '엄마'라고 한다면 자신의 자식을 해치려 드는 아무리 무서운 사자의 앞이라도 마다치 않는 것이 엄마의 본능이다.

　"나, 연숙이 에미 되는 사람이요. 잠시 나랑 얘기 좀 합시다."

　그러나 태일은 연숙이 누군지 도무지 기억에 없었다. 하루가 멀다고 여자를 바꿔가며 자는 그야말로 밤의 황제였기에 그동안 태일을 거쳐 간 여자가 어디 한 둘이었던가. 그렇긴 하더라도 웬 아낙이 찾아와서 연숙이 운운하며 눈에 핏발을 세우는 걸로 보아 보통 일은 아니지 싶었다. 태일은 레지들을 일어나 저리 가라고 소리쳤다. 그리곤 중년의 그 여자를 자기 앞에 앉으라고 했다.

윤애는 여전히 떨리는 몸과 마음을 추스르며 다방 의자에 겨우 앉았다. 태일이 레지를 다시 불렀다.

"나는 커피로. 아줌마는 뭘 드시겠습니까?"

윤애는 필요 없다고 잘라 말했다. 본론이 급했기 때문이다. 태일은 자세를 고치며 다그쳤다.

"나도 바쁜 사람이요. 그러니 본론부터 말하세요."

윤애는 간호부인 자기 딸이 당신으로 말미암아 몸을 버린 뒤현재 꼼짝을 못 하고 있다며 책임지라고 윽박질렀다. 태일이 발끈했다.

"이 양반이 초면부터 나를 무슨 죄인 다루듯 하시네. 난 모르는 일이지만 아무튼 그렇다면 당사자를 데리고 와서 얘기하시죠."

윤애는 벌떡 일어나 다방 입구에서 고양이를 본 쥐처럼 사시나무 떨듯 하고 있는 연숙에게 손짓했다.

"너, 빨리 일루 들어와!"

태일은 연숙을 보자 비로소 기억이 더듬어지는 느낌이었다.

"옳아, 나를 치료해 줬던 그 간호부 아가씨였구만."

홀쩍홀쩍 우는 연숙을 보자 윤애는 더욱 복장이 미어졌다.

"너를 이렇게 만든 게 이 사람 맞지?"

말은 못하고 그저 고개만 주억거리는 연숙이었다. 그러자 태

일은 비로소 사건의 전말을 깨달았다. 그러나 태일은 한 점도 부
끄러움이 없었다. 둘이 좋아서 즐긴 상관(相關)이었거늘 이제 와
서는 돈이라도 우려낼 요량으로 나한테 덤터기를 씌우는 나쁜
모녀라는 표정이었다.

아무튼 연숙을 보자 마음이 약간 바뀐 태일은 주머니에서 지
갑을 꺼냈다. 지폐를 손에 잡히는 대로 끄집어냈다. 그 돈을 윤
애에게 건넸다. 윤애는 참을 수 없는 모욕감을 느끼지 않을 수
없었다.

"아니, 지금 뭐 하는 겁니까? 내가 무슨 돈이나 갈취하려고 온
사람으로 보입니까?"

"그럼 왜 온 거요?"

되레 당당하게 되묻는 태일에게 윤애와 연숙 모녀는 경악했
다. 윤애는 수준 이하의 태일과 더 이상 대화를 나눌 생각이 싹
가셨다. 강간으로 경찰에 고발하면 될 것을 괜스레 여기까지 찾
아와서 시간 낭비하고 망신까지 당했다는 모멸감이 자신을 더욱
괴롭혔다. 윤애는 태일이 손에 들고 있는 돈을 향해 가래침이라
도 칵 뱉고 돌아서려 했지만 가까스로 참았다.

"가자!"

연숙의 손을 꽉 잡고 윤애는 야멸차게 돌아섰다. 윤경은 그 광
경을 보고서도 말 한마디조차 못한 채 그저 엄마 닭의 뒤를 따르
는 병아리처럼 공손하게 다방을 나오는 수밖에 없었다.

4

연숙이 몸에 이상을 느낀 건 그로부터 두 달이 지났을 무렵이었다. 생리가 끊겼다. 피로감의 가중과 울렁거림도 쉬 느껴지는 증상이었다. '혹시!' 그랬다. 혹시는 역시로 귀결되는 법이지 싶었다. 조심스레 산부인과를 찾은 연숙은 자신의 몸에서 태아가 자라고 있다는 사실에 경악했다.

태아는 분명 태일의 자식이었다. 다시금 자책과 회한의 눈물이 하염없이 흘러내렸다. 가까스로 마음을 추스린 연숙은 이튿날 태일을 찾아갔다. 태일은 그날도 멋진 신사복 차림에 다방에서 레지들과 시시덕거리고 있었다.

"나하고 얘기 좀 해요."

"일루 와서 앉아."

"아녜요. 우리 나가서 어디 조용한 데로 가요."

태일은 순간 심상치 않은 사달이 발생했음을 직감했다. 둘은 다방을 나와 2층 규모의 중국집으로 들어섰다. 주인이 허리를 꺾으며 인사했다.

"2층으로 조용한 방 하나 줘. 탕수육에 배갈도 두 병 주고. 그리고 내 주문이 없는 한 아무도 들여보내면 안 돼!"

주인은 또다시 공손히 인사했다. 방으로 들어가자 태일이 추궁했다.

"도대체 무슨 말을 하려고 여기까지 오자는 거야?"

연숙은 더 이상 숨길 이유가 존재하지 않았다.

"그래요. 이제는 다 말할게요. 나, 당신의 아이를 가졌어요!"

청천벽력 같은 소리에 태일은 놀라움을 금치 못했다. 태일은 벌떡 일어나 술부터 빨리 가져오라고 1층을 향해 고함을 질렀다. 종업원이 술과 단무지를 들고 뛰어 올라왔다. 태일은 등 뒤에서 땀이 마구 흐르는 걸 느꼈다. 배갈을 냉수 마시듯 벌컥벌컥 들이켠 태일은 추궁하듯 연숙을 몰아쳤다.

"다시 말해봐! 뭐 내 아이를 가졌다고?"

"네, 맞아요. 틀림없는 당신 아이예요."

"증거 있어?"

태일은 연숙이 숨 쉴 틈조차 주지 않고 윽박질렀다. 순간, 연숙은 절망의 먹구름이 잔뜩 몰려오는 듯했다. 역시 듣던 대로 이 남자는 나를 하룻밤 노리개쯤으로 농락했을 뿐 그 이상도 그 이하도 아니었구나! 심지어 자신의 처지가 문득 아무나 꺾었다 길거리에 버리는 노류장화(路柳牆花)로 비친다 싶어서 기가 막혔다. 하지만 기왕지사 여기까지 왔으니 할 말은 하고 가야겠다고 마음을 굳혔다.

"짧게 말하고 갈게요. 아시다시피 나는 직업이 배운 만큼 배운 간호부예요. 그리고 이 나이 먹도록 남자라곤 당신 밖에 없었어요. 따라서 그동안 내가 고이 지켜온 순결을 당신이 한순간에 망친 거라고요. 그래서 이렇게 내 몸속에서는 당신의 아기가 자라고 있는 거고요."

연숙은 또 눈물을 뚝뚝 떨구었다.

그러자 태일은 돌연 긴장했다.

'쟤가 나를 상대로 사기를 치는 것 같지는 않아. 그리고 아무튼 그날 내가 쟤를 범했을 때 임신한 게 틀림없어!'

태일은 자세를 바꾸며 헛기침을 했다.

"그야 뭐 산부인과에 가서 진짜 내 아이인지 아닌지를 판별하면 될 거고. 그래 오늘 나를 찾아온 용건이 뭐야?"

연숙은 한숨을 몰아쉰 뒤 무거운 입을 열었다.

"나를 이렇게 해놓고 책임을 지지 않는다면 그게 어디 남자랄수 있겠어요? 그래서 이 말을 하려고 온 거예요. 나랑 우리 집에 가서 부모님께 자초지종을 말씀드리고. 하는 수는 없지만 우리 같이 살아요. 당신이 아무리 무지막지한 사람이라고 할지라도 이 아이는 당신이 책임져야 되는 거 아닌가요? 그건 바로 사람의 도리이자 본분이니까요. 더욱이 당신은 의리가 밥보다 먼저인 주먹세계의 보스 아닌가요?"

태일은 잠시 전에 마신 술이 확 깨는 느낌이었다. '함께 살자고?' 갑자기 머릿속이 하얘지는 기분이었다. 이튿날 다시 만난 두 사람은 결국 산부인과를 찾았다. 연숙의 임신 사실을 의사로부터 전해 들은 태일은 더욱 난감했다. 한창 잘 나가는 주먹세계의 보스이거늘, 그래서 부하들이 걷어오는 이런저런 상납금만으로도 얼마든지 풍요와 환락까지 누릴 수 있는 지금의 모든 혜택을 포기하려는 마음은 추호도 없었다.

연숙의 거듭되는 요청에 태일은 하는 수 없어 연숙의 부모님을 만나기로 했다. 부하가 운전하는 차를 타고 연숙의 본가를 찾았다. 첫눈에 보기에도 강직한 성품이 돋보이는 연숙의 부친 오장부가 태일의 손을 잡으며 환대했다. 고향을 등진 뒤 천둥벌거숭이처럼 오로지 주먹 하나만으로 살아온 자신의 손을 잡아주는 장부의 뜨거운 마음이 전해졌다. 이미 아내 윤애와 처제로부터 자초지종을 들어 상황을 인지하고 있었던 장부는 어떡해서든 두 사람을 부부로 맺어주고 싶었다. 그래야 그동안 쌓아온 자신의 명성과 집안의 위상에도 큰 변화가 없을 것이었다. 주변 사람들을 물린 뒤 두 사람은 술상을 놓고 마주 앉았다.

"자네는 올해 나이가 어떻게 되나?"

"네, 스물둘입니다."

"그래? 참 좋은 나이일세."

장부는 처음에 아내로부터 자기 딸이 태일에게서 능욕당했다는 얘기를 듣고선 경악했다. 성질 같아선 당장에 쫓아가 요절을 내고만 싶었다. 감히 내 딸을!! 하지만 소문을 들어보니 태일은 보통만만한 자가 아니었다. 역발산 기개세에 빰치는 완력과 적지 않은 수의 폭력조직이 그의 수하에 존재하고 있었다. 그는 주먹 하나로 현재의 모든 것을 일거에 틀어쥔 실력자였다. 경찰관조차 그의 앞에서는 함부로 하지 못한다고 들었다. 아닌 게 아니라 이따금 폭력조직 간에 패싸움이 벌어져도 신고를 받고 출동한 경찰은 근처에서 호루라기나 대충 불다 돌아서기 일쑤였다고 한다. 더욱 기고만장해진 태일의 조직은 하루하루 그 조직을 더욱 키우고 있었다. 연신 헛기침을 연발하던 장부가 다짐 조로 강조했다.

"우리 집안은 대대로 뼈대 있는 가문이라네. 내가 자네에게 근사한 집을 하나 사줄 테니 연숙이랑 같이 살게나."

졸지에 집 한 채가 마치 도깨비방망이처럼 뚝딱 생기는 순간이었다. 공짜라면 양잿물도 먹는 것이거늘 어찌 기분이 나쁠 리 있었으랴. 슬며시 젖어 드는 만족감을 애써 숨기며 태일은 입술을 굳게 깨물었다. 장부가 강조했다.

"대신 조건이 하나 있네."

"말씀하십시오."

"서둘러 혼인신고부터 하고 절대로 우리 딸 눈에서 눈물이 나게 해서는 안 되네! 나는 그러면 절대로 용서 못 해!"

그것은 지엄한 예비 장인의 명령이었다. 이 부분에서 태일은 숙고하지 않을 수 없었다. 잠시 고민하던 태일이 말했다.

"집을 살 돈은 제게도 얼마든지 있습니다. 따라서 돈은 필요 없습니다."

장부는 못마땅한 표정을 지으며 조심스레 말했다.

"그렇지만 그 돈이라는 것이?"

폭력을 동원하여 약자에게서 소위 삥을 뜯은 것 아니냐는 것이 장부의 차마 마저 이어지지 않은 무언의 항의였다. 무거운 주제로 얘기를 하다 보니 태일은 짜증이 파도로 몰려왔다.

"제가 바빠서 오늘은 이만 일어났으면 합니다."

달아나듯 일어서는 태일을 보며 장부는 혀를 찼다. 하지만 이미 엎질러진 물이었다. 자신의 금지옥엽인 연숙은 이제 더 이상 자신이 통제할 수 있는 딸이 아니었다. 더군다나 연숙의 몸에서는 하루가 다르게 아기가 자라고 있었다. 따라서 어떡해서든 둘을 부부로 맺어주는 수밖에 없었다.

예식이야 따로 날을 잡아서 치르면 될 것이었다. 연숙의 어머니는 연숙에게 넉넉한 돈을 건넸다. '처가'를 빠져나온 태일은 껍딱지처럼 찰싹 달라붙은 연숙이 못마땅했다. 시내로 나온 둘은 식당에 들어가 저녁을 주문했다.

"이젠 어떡할 거예요?"

연숙이 주궁하듯 물었다.

"오늘은 나랑 여관에서 자고 내일부터 네가 집을 하나 알아봐. 나는 워낙 바빠서."

둘은 그럭저럭한 집을 샀다. 그리곤 동거에 들어갔다. 연숙의 배는 하루가 다르게 풍선처럼 부풀어 올랐다. 그렇지만 행복은 오래 가지 않았다. 제 버릇 개 못준다고 태일은 툭하면 외박이었다. 독수공방으로 밤을 지새우는 날이 많아지면서 연숙은 자신의 정체성을 의심했다.

'내가 이러자고 저런 남자랑 사는 것일까?'

아무리 엎질러진 물이라지만 될 수만 있다면 당장이라도 무효로 만들고 싶었다. 그리곤 불과 몇 달 전의 푸릇푸릇했던 처녀 시절로 회귀하고 싶었다. 그때는 얼마나 꿈도 많았던가! 오로지 자신 하나만을 끔찍하게 아껴주는 남자와 결혼하고 싶었거늘. 속이 터질 듯 아파서 애먼 냉수만 들이켰다.

날이 갈수록 태일은 마치 서울 대학가의 하숙방에 들어서는 지방 대학생처럼 술에 떡이 되어 귀가하기 일쑤였다. 이튿날 아침에 술이 깨면 미안한 기색조차 보이지 않았다. 툭하면 외박 역시 다반사였다. 그것도 해가 중천인 대낮이거나, 새벽이 되어야 돌아와 허께비처럼 쓰러져 자는 태일의 옷을 벗기노라면 뭇 여자들의 향수 냄새 따위가 범벅으로 진동했다. 참을 수 없는 모욕감과 수치심이 연숙을 이중고로 괴롭혔다.

보기만 해도 무서운 모습 일색인 태일의 부하인 괴한과 껄렁패들 출입은 신기하게도 태일이 집에 와서 자는 날 이튿날에만 보이는 기이한 현상이었다. 대문 앞에 도열한 그들은 마치 왕조 시절, 임금이 바깥출입을 하느라 궐 밖을 나와야만 비로소 움직이는 호위무사들처럼 질서정연했다.

또한 그들은 상하관계가 대단히 엄격했다. 어이가 없고 괘씸도 했지만 하는 수 없었다. 어쨌든 태일은 그들의 보스요, 자타가 공인하는 지역의 주먹 맹주였다. 그걸 모를 리 없었건만 태일의 방종(放縱)은 여전했다.

일주일에 집에 돌아와 자는 날이 이틀도 안 되었다. 도대체 얼마나 많은 여자들이 태일과 잠자리를 같이 하고 있는 것일까. 그렇게 세월은 흘러갔다. 연숙의 산달이 다가왔다. 연락을 받은 윤애가 윤경과 함께 집으로 찾아왔다. 연숙을 부축하여 산부인과에 갔더니 의사는 며칠 내로 아가를 볼 수 있을 거라고 했다. 반가운 표정이 역력한 엄마와 이모와는 사뭇 달리 연숙은 하나도 반갑지 않았다. 벌써부터 예감이 불길했다. 과연 이 출산이 맞는 것일까? 이 아이 아빠는 아이의 출산으로 인해 과연 개과천선을 할 수 있을까?

이튿날부터 바람이 심상치 않았다. 라디오에서는 태풍 사라호가 한반도를 습격하고 있다는 속보를 내보냈다. 결국 그 태풍은 한반도 역사상 재산 및 인명 피해 측면에서 최악의 태풍으로 기록되었다. 그때가 1959년 추석 무렵이었다. 연숙은 사라호가 증발하고 나서 며칠 후 엄마가 되었다. 꼬물꼬물하는 아기를 보면 신기했다. 내 몸에서 이처럼 귀여운 아기가 태어나다니! 상그레 웃는 모습은 영락없는 아기천사였다.

태일은 며칠 후 작명가에게 돈을 주고 아기의 이름을 지어왔다고 했다. 연숙이 낳은 아들은 그로부터 '장봉기'가 되었다. '봉기(蜂起)'는 '벌 떼처럼 떼 지어 세차게 일어남'을 일컫는 의미다. 그렇다면 이 아이는 훗날 이름의 의미처럼 어수선한 이 세상을 봉기하는 것처럼 크게 흔들고 결국엔 큰 사람이 될 수 있을까? 병실에 누워서 연숙은 그 생각을 해봤다. 하지만 그러한 기대감은 오래 가지 않았다.

친정아버지가 미역과 돈을 듬뿍 보내왔지만 조금도 위로가 되지 않았다. 허구한 날 외박을 하는 남편을 떠올리면 애먼 아기까지 미웠다. 태일은 연숙이 봉기를 낳은 뒤로 서너 달은 근신하는 듯했다. 그러나 제 버릇이 어디 갈까. 이후로 태일의 방랑과 외박은 더하면 더했지 조금도 수그러들지 않았다.

그해 겨울은 유독 더 추웠다. 1960년으로 해가 바뀌었다. 아이는 무럭무럭 잘 자랐다. 그러나 연숙 부부의 불화는 더욱 심해지고 있었다. 급기야 태일의 장인까지 찾아와서 이렇게 일렀다.

"자네, 이젠 그만 주먹과 건달 세계를 접게나. 그 세계는 결국 끝이 안 좋은 법이야. 그리고 우리 집으로 들어와서 나하고 농사나 지으면서 편하게 사는 게 어떻겠나? 내가 모든 걸 대주겠네!"

그러나 태일에겐 여전히 마이동풍이었다. 태일은 지금의 그 자리가 영원할 줄 알고 있었다. 수하에 즐비한 부하들이 매일 갖다 바치는 묵직한 돈은 밤새 여자를 서넛이나 끼고 술을 먹어도 남았다. 유흥가 여자들은 태일의 호출에 목을 맸다. 그와 동침하면 팁도 엄청나게 준다는 소문이 파다했다. 그런 환락의 요지경 세상을 하루아침에 그만두라는 장인의 조언이 태일로선 당연히 싫었다. 친정아버지의 진솔한 조언마저 거부하는 태일을 보면서 연숙은 생각했다.

'차라리 임신 초기에 아이를 지울 걸!'

이런 생각이 격한 후회의 파도로 다가왔다. 그런 와중에도 태일의 가정 무관심과 방종은 더욱 심해졌다. 숫제 집에 안 들어오는 날이 비일비재했다. 어쩌다 집에 오면 그저 만취하여 코를 골면서 잠이나 자고 이튿날 아침이면 부리나케 나가기 일쑤였다. 그로부터 얼마나 지났을까?

모처럼 귀가한 태일의 거동이 수상했다. 그랬다. 어느새 태일은 마약(痲藥)에 중독돼 있었다. 마약은 참 무섭다. 마약은 마취 작용을 하며, 습관성이 있어서 장복하면 중독 증상을 나타내는 물질을 통틀어 이르는 말이다.

마약은 강력한 중독성을 가진 물질이다. 그래서 담배와 술과는 차원이 다른 중독성을 가진다. 시각, 촉각, 청각 등이 평소와 달리 수십 배 이상 예민해지기 때문에 일단 마약에 손을 대면 누구나 쉽게 유혹에 빠져든다고 한다.

심지어 중독자들의 경우 성관계를 위해 투약하는 경우도 빈번하다고 알려져 있다. 그뿐만 아니라 심각한 환각 증세로 강력 범죄를 저지르는 계기가 될 수도 있다. 상식이지만 마약 중독은 정상적인 삶을 앗아간다.

또한 불안함을 느끼는 망상은 물론이고, 수면장애와 환각, 모든 일상에 무기력해지는 상태를 경험하게 된다. 단 한 번 했더라도 금단증상이 나타난다는 말도 있다. 부작용으로는 치아 통증, 살 빠짐, 탈모, 우울, 자아 상실의 심각한 고통이 수반된다. 마약의 심각성은 여기서 그치지 않는다. 마약 투약자는 몸과 마음이 병들어 피폐해질 때까지 스스로 중독성을 인식하지 못한다.

일상에서 느끼는 평범한 행복을 느끼지 못해 인간관계가 단절되고 죄 없는 가족까지 정신적 고통에 시달리게 된다. 마약을 하면 전두엽이 망가지며 기억력도 없어지고 감정도 크게 기복이 생긴다. 남의 감정을 읽지 못하고 자기중심적으로 본인만 생각한다는 것도 큰 문제로 대두된다. 연숙은 소스라치면서 태일을 추궁했다.

"당신 이젠 하다하다 결국엔 심지어 마약에까지 손댔어요?"

태일은 뜨끔했지만 자못 당당했다.

"그건 어떻게 알았니? 하긴 간호부였으니까 알았겠지만. 아무튼 내가 하는 일에 너는 상관 말아."

일언지하로 연숙의 입을 막는 태일에게서 연숙은 더욱 커다란 절망감을 느끼지 않을 수 없었다. 내가 과연 저런 한심한 사람을 의지하며 이 험한 세상을 편히 살아 나갈 수 있을까? 연숙은 문득 학창 시절 책에서 읽었던 '아편전쟁'을 떠올렸다.

아편전쟁(阿片戰爭)은 1840년과 1856년 두 차례에 걸쳐 대영제국과 청나라의 무역수지 문제로 일어난 전쟁이다. 계속 청으로 유출되는 은화(銀貨)를 영국이 다시 회수하기 위해 청에 아편을 살포한 것이 원인이다. 청나라는 아편전쟁 전까지만 해도 대국, 동양의 잠자는 사자 등의 '침묵의 강자'라는 신비로운 이미지를 갖고 있어서 괜히 긁어 부스럼 만들지 말자는 식으로 생각했기 때문에 선뜻 시비를 걸지 않았으나 전쟁 이후 허약한 실체가 완전히 드러나자, 청은 서구 열강의 덩치 큰 호구, '종이호랑이'로 전락했다.

영국과 프랑스가 비슷한 시기(1853~1856년) 참전한 크림 전쟁에서는 두 나라가 무려 40만 대군을 투입해 러시아 제국을 상대한 데 비해, 1856년 말에 일어난 2차 아편전쟁에서는 겨우 20분의 1 정도인 2만 명도 안 되는 병력으로 청나라의 무릎을 꿇렸다. 얼마나 동서양의 국력 차이가 벌어져 있었고 중국이 동네

북 취급을 받았는지 알 수 있는 대목이다. 그리고 중일전쟁과 1949년 중화인민공화국이 탄생하기 이전까지 무려 100여 년 동안 중국은 외세의 침탈에 시달리게 되었는데 이에 중국인들은 이 기간을 치욕의 시대로 기억하고 있고, 이를 아예 '백년국치'로도 통용하고 있다. 영국 동인도 회사 군대에 의해 청이 패배했고, 조선도 이 소식을 듣자 상당한 위기감을 느꼈다.

청이라는 거대한 방패 뒤에서 존재하던 조선은 청나라보다도 정치적으로 썩을 대로 썩어 있었기에 서양 열강이라는 새로운 적들이 등장하자 백성들 사이에는 조선도 서양인들에게 멸망 당하지 않을까 하는 흉흉한 소문이 돌았다. 이는 동학이라는 신흥 종교의 창설로 이어졌다. 제1차 아편전쟁 이전 아편 무역에 정면으로 맞섰던 임칙서는 현재 중국의 영웅으로 추앙받는다. 그런데 영국의 대중국 무역 침탈은 가속됐어도 아편 자체의 판매는 오래가지 못했다. 아편이란 게 양귀비를 가공하면 뚝딱 나오다 보니 중국이 아편의 국산화에 성공해 버렸기 때문이다.

결국 영국령 인도의 아편들은 판로를 잃었고, 이는 영국으로 수출되었다. 그렇게 몇 년이 지나자, 영국은 왜 청이 아편을 단속했는지 뒤늦게 깨달았지만 때는 늦어 영국에 아편이 대량 보급된 후였다.

하여간 이런저런 상념에 연숙은 머리가 몹시 아팠다. 이젠 마약까지 탐닉하는 남편이 죽도록 싫어졌다. 그러던 어느 날 더 이상은 참을 수 없었다. 아기를 포대기로 둘러업고 친정으로 가는 버스에 올랐다. 그 전날에도 태일은 집에 돌아오지 않았다. 아버지에게 자초지종을 설명했더니 예상대로 불같이 화를 냈다.

"내가 보기에 네 신랑은 애당초 사람 되기는 그른 놈이지 싶다. 그러니 당장 정리하고 집으로 들어오너라."

하지만 문제는 핏덩이 아기였다. 엄마가 조심스레 입을 열었다.

"아이를 데리고 들어와 여기서 살다가 네 서방이 마음을 잡으면 그때 다시 합치는 게 어떻겠니?"

아버지의 마음은 달랐다.

"아이를 왜 데리고 와? 그 자식이 정신을 차리려면 특단의 충격 요법이 필요하거늘."

거기서 두 가지 결정이 났다. 연숙이 친정으로 들어오되 아기를 데리고 오는 게 1안이었다. 두 번째는 아예 아이를 떼놓고 오는 것이었다. 비정한 방법이었으나 그러한 극약처방으로 태일이 개과천선한다면 그 또한 고려해 볼 만 했다. 연숙은 다시금 자신의 처지를 한탄하며 마구 오열했다. 저 너머 뒷산의 사찰에서 울리는 풍경 소리가 연숙의 가슴을 비수로 후벼 팠다. 차라리 머리 깎고 이 험난한 속세를 떠날까도 싶었다.

친정에서 사흘을 묵은 뒤 아기를 업고 집으로 돌아왔다. 여전히 마약에 취한 태일은 발음조차 더욱 어눌했다.

"너는 나한테 아무 말도 없이 도대체 어딜 갔던 거야?"

대꾸조차 할 필요성을 느끼지 못 해 함구했지만 태일은 혼자서 횡설수설하다가 잠이 들었다. 그 뒤로도 둘의 악몽 같은 부부생활엔 변화가 없었다. 날이 갈수록 연숙의 결심은 더욱 요지부동의 바위로 굳어지고 있었다. 아이까지 떼놓고 자신이 이 집을 나가지 않는 이상 태일의 고질병은 전혀 나아지지 않으리라는 것을 알았다.

연숙은 가출의 음모를 서서히 준비했다. 그리곤 태일이 모처럼 멀쩡한 정신으로 귀가한 날을 디데이(D-Day)로 잡았다. 자신의 옷가지 따위가 든 가방에 비상금 등을 챙긴 뒤 태일이 잠들기만을 기다렸다. 아이는 자기 손가락을 빨며 연숙의 얼굴을 해맑게 올려다봤다. 죄책감에 눈물이 앞을 가렸지만 이미 엎질러진 물이었다. 이윽고 아이는 쌔근쌔근 깊은 잠에 빠졌다. 자정이 임박할 무렵 연숙은 짐을 챙겨 집을 나섰다.

역으로 가니 이튿날 새벽에 서울로 가는 열차가 있었다. 대합실에서 고민하며 울다가 그 열차에 몸을 싣고 연숙은 태일과 아이의 곁을 떠났다. 열차의 차창으로 비가 후드득후드득 쏟아졌다. 그건 아이를 떼놓고 달아나는 비정한 엄마를 꾸짖는 하늘의 매서운 채찍과 같았다. 연숙은 죄책감에 몸부림쳤다. 사람이 죄책감을 느끼는 이유는 여러 가지가 있다. 일반적으로, 죄책감은 개인이 자신의 행동이나 결정으로 인해 다른 사람을 해치거나 상처를 주었거나 도덕적 기준을 어긴 것을 인식할 때 발생한다.

이는 인간의 도덕적 감각과 사회적 규범, 윤리적 원칙 등과 관련이 있다. 죄책감은 자기 존중감, 동정심, 양심, 공동체적 책임 등을 반영하며, 사회적 상호작용과 윤리적 판단에 따라 영향을 받는다. 죄책감은 또한 개인의 성격, 가치관, 문화적 배경 등에 따라서도 변화할 수 있다. 어쨌든 짐승조차 자식을 버리는 경우는 없다.

물론 일부 동물의 행동은 다양하고 상황에 따라 다를 수 있기는 하다. 예를 들어, 몇몇 새의 종은 부화한 알 중에서 약한 알이나 다른 이유로 부화에 실패한 알을 버린다. 또한, 일부 동물은 자식이 생존에 어려움을 겪을 것으로 판단되는 경우에는 자식을 떠나는 경우도 있을 수 있다.

그러나 대부분의 동물들은 자식을 돌보고 보호하는 것이 일반적이며, 많은 동물 부모들이 자식에게 신경을 쓰고 돌보는 행동을 보인다. 그래서 사람이 짐승보다 못한 경우엔 아예 사람 취급조차 안 하는 경우도 있는 것이다. 이를 모를 리 없는 현명한 연숙은 비가 그칠 무렵까지도 하염없이 오열했다. 그러면서 한 편으로는 다시 집으로 돌아갈까도 고려해 봤다.

그러나 곧 마음을 접었다. 여자가 한을 품으면 오뉴월에도 서리가 내린다고 했는데 그 말은 결코 허언이 아니었다. 연숙은 앞으로도 더욱 독한 여자가 되리라고 이를 악물었다.

5

연숙이 자신의 불찰과 경거망동으로 인해 가출한 걸 뒤늦게 깨달은 태일은 충격에 휩싸였다. 발등에 불이 떨어졌다. 급한 마음에 자존심까지 버리고 부랴사랴 처가를 찾았지만, 장인과 장모 역시 연숙의 거처를 전혀 모른다고 했다. 태일이 조금도 가긍스레(불쌍하고 가여운 데가 있게) 보이기는커녕 오히려 법만 없다면 단숨에 때려죽이고만 싶었다.

그랬다. 연숙은 더 이상 친정에도 연락을 하지 않았다. 그러면 분명 태일의 자신을 향한 추적이 시작될 것이기 때문이었다. 당장 아기의 양육이라는 화두로 발등에 불이 떨어진 태일은 노심초사하지 않을 수 없었다. 죽으라는 법은 없는지 수소문을 하니 같은 동네에 뇌전증 환자 아들과 함께 초라하게 사는 노파가 있었다. 그 노파를 찾아가 아이의 양육을 부탁했다. 처음엔 거절했지만 간곡한 부탁, 그리고 적지 않은 금액을 매달 지불하겠다는 태일의 호언장담에 그만 결심이 무너졌다. 사실 그 할머니는 딱히 수입원이 없었다. 그저 딸이 보내주는 얼마간의 돈으로 그럭저럭 견디던 중이었다. 그런데 그 삶이 초근목피처럼 신산했다. 수시로 발작을 일으키는 뇌전증 증세의 아들은 언제 터질지 알수 없는 시한폭탄과 같았다. 또한 아기의 엄마가 핏덩어리를 버리고 가출했다는 안타까움의 측은지심이 그 노파의 마음을 크게 흔들었다.

"저런~ 우리 어머니는 그 어려운 가운데서도 아홉이나 되는 자식을 온전히 키웠거늘 고작 하나뿐인 핏덩이마저 버리고 집을 나가다니 그게 어디 엄마랄 수 있겠나? 아무튼 그럼 아이를 데리고 와 봐요."

그날부터 노파가 아이를 키웠다. 덕분에 태일은 겨우 한숨을 돌렸으나 세월은 더욱 파란으로 접어들고 있었다.

한국 정치사에 격변이 찾아왔다. 이승만 대통령이 장기 집권을 획책하는 바람에 그만 4.19 혁명이 일어났다. 이승만 대통령이 국민적 공분에 굴복하고 하야하자 혁명의 여운은 이기붕 일가족의 자살과 이 대통령의 미국 망명이란 또 하나의 사건으로이어졌다. 4.19 혁명에 의해 과도 정부인 허 정 내각이 들어섰고 1960년 7월 29일 총선에서는 민주당 정권이 들어서 독재를 청산하고자 하는 새로운 민주주의의 개막을 기대했다. 그러나 1961년 5.16혁명으로 그 기대는 무너지고 말았다. 시대가 확 바뀌었다.

5.16혁명으로 권력을 쟁취한 그들은 정변 직후 조폭과 정치 깡패 소탕으로 민심을 얻으려고 했다. 대대적으로 깡패 검거 작전이 시작되었다.

그 칼끝은 태일에게도 겨누어졌다. '조폭 보스'라는 죄명으로 검거된 태일은 교도소에 수감됐다.

하늘이 노랗게 보였다. 늦은 후회감이 밀물로 들이찼지만 이미 뒤집을 수 없는 대세의 거센 물결이었다. 교도소에서는 밖에서 범죄를 저지르고 온 사람들을 몇 평 남짓한 방에 재소자를 가득 집어넣어 놓고 기본적인 것 이외에는 방 사람들에게 맡기고 감시만 했다. 그렇다 보니 교정도, 사회에 나가서 먹고살 만한 기술도 없는 상태로 형량만 채우고 나온 재소자들의 재범률이 높아지곤 했다.

이처럼 범법자들이 가장 많이 모이는 곳이라 이곳에서 범죄 기술을 배워 나오는 경우도 많고, 인맥을 얻어 나오는 경우나 아예 조폭에 가입하는 경우도 많았다. 그래서 범죄자들은 교도소를 흔히 '학교'라고 불렀다. 또한 교도소에 수감되어서 받는 가장 큰 형벌이 바로 다름 아닌 동료 재소자들의 괴롭힘이었다. 전과 기록이나 수형 기간, 수감 생활쯤은 이 형벌에 비하면 아무것도 아니었다. 상식적으로 교도소라는 곳이 누굴 모아놓은 곳인지 생각해 보면 답은 뻔했다. 이들은 출소 후에도 달라붙어서 괴롭히기도 하고, 조직폭력배의 경우는 자기 조직에 가입하라고 강요하기도 하는 등 범죄의 구렁텅이에서 놓아주지 않았다. 여기에 말려들어 또 범죄를 짓고 교도소에 수감되는 리사이클이 반복되면 한 사람의 인생이 망해버린다. 한마디로 세상에서 가장 나쁜 인맥이 생겨버리고 마는 것이며, 이게 교도소에서 주는 가장 큰 형벌이라고 할 수 있다. 또한 특히 잡범의 경우는 교도소 내에서 조폭 등 싸움 잘하는 동료 수감자들한테 싸움이나 범죄를 배워서 출소한 뒤 강도, 강간, 살인 등 더 강력한 범죄를 저지르게 되는 경우도 있었다. 그야말로 특히 잡범들한텐 흉악범이 되는 첫 단추가 되는 셈이었다.

게다가 전과자라서 취업도 어지간해선 어렵다 보니 또다시 범죄를 저지르는 경우가 많은데, 교도소에 있는 동안 동료 수감자들한테 나쁜 짓을 배우게 되어 그것을 출소 후에 써먹게 되는 일도 많았다. 그래서 교도소에서 취업 교육을 시키는 이유는 재범률을 최대한 낮추려는 목적이 있기 때문이다.

그런데 교도소에는 조폭들이 득세하는 경우가 많았다. 이유야 당연히 밖에서 나름의 범죄 인맥이 이미 있는 데다가 숫자도 많기 때문이다. 직접적인 안면이 없더라도 워낙 사교성이 좋아서

한 다리 걸치면 형님 동생 할 수 있게 되는 데다가 숫자 자체가 많았다. 말 그대로 조직적으로 범죄를 저지르는 무리들이다 보니 교도소 내에서도 단결력이 좋을 수밖에 없었다. 상황이 이렇다 보니 어지간한 경우에는 일반 수감자들보다 서열이 높은 편이고, 두목급의 인물일 경우 작업장에서 지도반장 등의 직책을 부여받기도 했다. 문제는 이렇다 보니 비 조폭 재소자들이 핍박받는 경우가 많았는데 교도관이 일일이 통제를 못 하니 결국 이들의 득세를 인정할 수밖에 없는 상황이 나온다는 것이었다.

또한 이것 외에도 대형 조직의 두목급이면 배식을 할 때도 다른 수감자들의 2~3배는 많이 받고, 사식 반입도 허용 범위보다 더 많이 받았다. 월간 매점에서의 영치금 사용도 허용 범위보다 더 많이 사용하는 특권이 있었는데, 같은 수감자 신분임에도 조폭의 경우 다른 수감자들보다 배식량이나 사식 반입량, 매점에서의 월간 영치금 사용 가능한 금액이 많다는 점부터가 차별화되는 것이었다.

어쨌든 태일은 2년을 큰 고생 없이 교도소에서 방장(房長)으로 잘 보낸 뒤 출감되었다. '방장'은 수감자들 사이의 대표적인 은어이다. 교도소마다 차이는 있지만 일단은 교도소 짬밥이 많은 죄수나 조폭이 차지하는 경우가 많다. 수감자들 사이에서는 제법 높은 위치로 대우받지만, 방장을 맡는다고 해서 가석방 등의 혜택이 주어지는 건 물론 아니다.

출감을 했지만 그사이 모든 게 상전벽해처럼 변해있었다. 태일은 이제 과거의 그 잘나갔던 주먹세계와 밤의 보스도, 무소불위의 존재도 아니었다. 조직은 이미 붕괴되었고 부하들은 각자 도생으로 제 살길을 찾아 어디론가 사라지고 없었다.

모든 게 허무하기 짝이 없었다. 다만 풍운역 앞은 사람들로 더욱 붐비고 있었다. 그러나 그 누구도 태일과 눈을 맞추려 하지 않았다. 흡사 징그러운 벌레를 보는 듯 너무도 냉정하게 대하는 모습이 역력히 느껴졌다. 엄동설한의 차가운 인심을 대하며 새삼 염량세태를 느끼지 않을 수 없었다.

태일은 공화춘으로 들어섰다. 다행히 그 중국집 주인은 여전히 태일을 두려워하는 내색이었다. 그가 손수 술과 안주를 가지고 왔다.

"소문은 들었습니다. 그간 고생 많으셨지요?"

술부터 마셔야 살 것 같았다. 게걸스럽게 술과 안주를 먹는 모습을 보며 공화춘 주인은 '권불십년'의 허무함을 떠올렸다. 지난날에 태일은 그 얼마나 대단하고 화려한 삶을 살았던 남아였던가! 하지만 지금은? 사람 팔자 시간문제라더니 그 말은 틀리지 않았다. 교도소 수감 전보다 현저하게 술을 덜 마셨는데도 취기는 급속도로 혈관을 타고 태일을 쥐락펴락했다.

공화춘 주인은 돈을 받지 않았다. 식당을 나와 자신의 아들 봉기가 있는 할머니 집을 찾았다. 봉기를 키워주고 있던 할머니는 수척해진 그 몰골에 놀랐고, 봉기는 처음 보는 사람을 접하는 아이답게 무섭다며 자지러지게 울었다. 봉기의 얼굴을 몇 번 쓰다듬은 태일은 그대로 쓰러져 잠에 빠졌다.

6

　시나브로 세월은 흘러 봉기의 나이 일곱 살이 되었다. 아버지 태일은 돈을 번답시고 어디론가 떠났다가 서너 달 후에나 겨우 모습을 보이곤 했다. 그래서 항상 할머니와 같은 방에서 잤다. 방이라고 해 봤자 달랑 하나뿐인 허름한 초가집이었다. 부엌은 있었지만 가난해서 해 먹는 건 노상 보리밥과 죽이었다. 아버지는 어쩌다 돌아오면 할머니에게 생활비라고 돈을 줬다. 하지만 그 액수가 아주 많이 미흡했다. 그래도 할머니는 감지덕지했다. 집에서 있는 동안 아버지는 술만이 인생의 전부인 것처럼 여전히 허구한 날 술에 젖어 살았다. 봉기는 그런 아버지가 무섭고 싫었다.

　그래서 차라리 돈을 벌러 밖으로 나가 안 돌아왔으면 하는 바람까지 간절할 때도 있었다. 여덟 살이 가까워져 오자 하루는 동네 아줌마가 찾아와 이런 말을 했다.

"할머니, 봉기도 내년이면 여덟 살인데 국민학교에서 입학하라는 통지서 안 왔어요?"

순간 할머니는 아차 했다. 봉기는 그때까지 호적이 없었다. 호적이 없으니 국민학교 역시 입학할 수 없었다. 할머니는 태일에게 그 얘기를 하면서 이제라도 빨리 호적을 만들어 주라고 했다. 그러나 태일은 여전히 수수방관했다. 도저히 한 아이의 아버지라고 할 수 없는 무책임의 극치였다. 도리어 벌컥 화를 냈다.

"애 엄마는 애가 핏덩어리였을 때 달아나 어디서 뭘 하며 살고 있는지 나도 모릅니다. 그런데 그 여자를 어디서 찾을 것이며 또한 찾았다 한들 인제 와서 그 어떤 미친년이 호적 신고를 해준답디까? 호적 신고부터 해야만 비로소 학교도 입학할 수 있는 거니까요."

태일은 자신의 전처를 향해 '미친년' 운운하며 욕을 퍼부었다. 할머니는 그러나 태일을 쏘아보며 이렇게 조소했다.

'미친놈은 네 마누라가 아니라 바로 너다, 이놈아.'

발등에 불이 떨어진 할머니는 백방으로 뛰어다녔다. 궁하면 통한다고 했던가.

"그 할머니는 찢어지게 가난하지만 피 한 방울조차 섞이지 않은 과거 건달 왕초의 아들을 키워주고 있는 그야말로 천사 같은 분"이라는 동네 사람들의 좋은 평판 덕에 어찌어찌 가까스로 호적 문제를 해결했다. 덕분에 이듬해부터 봉기도 국민학생이 되었다.

어느 날 태일은 집에 오면서 천자문을 한 권 사왔다. 봉기는 그 책을 틈만 나면 보고, 공책에 쓰면서 한문을 익혔다. 공부라는 게 참 재미있다고 느껴졌다. 1학년이 되어 처음으로 만난 여자 담임선생님은 마치 엄마처럼 다정다감했다. 어린 마음에도 '저런 사람이 나의 엄마였다면 얼마나 좋을까!' 라는 생각에 봉기는 학교에 갈 때가 제일 좋았다. 공부를 잘한 봉기는 처음부터 반에서 1등으로 파죽지세처럼 치고 나갔다. 더 지나 5월이 되자 '어머니날'이 찾아왔다. 교실엔 급우의 엄마들이 들어와 자신의 아들과 딸이 공부하는 모습을 대견스럽게 바라봤다. 당시에도 엄마들의 관심사는 "누가 이 반에서 1등 하는가?"였다.

급우의 엄마들은 봉기를 거론하며 부러워했다. "쟤는 엄마도 없다는 애가 공부를 그렇게나 잘한다며?" 엄마 없는 애는 왜 공부를 잘 하면 왜 안 되는 지 봉기는 의아하면서도 결코 동의할 수 없었다. 시끌벅적한 교실을 슬그머니 빠져나와 학교 뒷산에 올라갔다. 아무도 봉기에게 눈길을 주지 않았다. 하늘 저만치서 뭉게구름이 몰려오고 있었다. 엄마로 보이는 커다란 구름 뒤로는 자녀로 보이는 조그만 구름들이 몰려 저 산 너머로 우르르 달려갔다. 구름에게도 있는 엄마가 왜 유독 나한테만 없는 것일까? 라는 생각에 봉기는 또 꾹꾹 참았던 눈물이 났다. 그즈음 봉기 교실의 반장은 아주 부잣집 아들이었다. 그 급우의 치맛바람 어머니는 툭하면 학교에 왔다. 선생님과 급우들이 먹을 걸 잔뜩 가지고 왔기에 다들 반겼다. 그러나 그 어머니에게서 봉기는 자신을 버리고 떠난 엄마의 어두운 그림자가 어른거렸다. 저 먹을거리를 나도 울 엄마가 손수 만들어주었다면 오죽이나 좋았을까…

어쨌든 봉기는 4학년 때까지 그야말로 파죽지세의 기세로 1등을 독주했다. 비록 불우한 환경이었지만 공부만큼은 급우들보다 잘 해야겠다는 다부진 결심이 그 같은 결과를 만들었다.

그러자 급우들의 부러움 반 시샘 반이 더욱 무성하게 교차했다. 그건 엄마도 없는 놈이 공부를 잘하니까 생성된 어쩌면 자연스러운 현상이었다. 공부를 잘하기 위해서는 몇 가지 요소가 중요하다. 이러한 요소들을 고려하고 실천함으로써 효과적인 학습을 할 수 있다. 먼저 공부하고자 하는 목표를 설정해야 한다. 구체적이고 현실적인 목표를 세우고, 그 목표를 달성하기 위한 계획을 세우는 것도 필요하다.

학습 일정을 계획하고 일정에 맞춰 공부하는 것을 간과할 수 없다. 학습 시간을 일정하게 할당하고, 잘 정리된 학습 자료를 사용하면 효율적으로 학습할 수 있다. 공부할 때는 집중력을 유지하는 것도 중요하다. 주변의 방해 요소를 최소화하고, 학습에 집중할 수 있는 조용하고 편안한 장소를 선택하는 것이 좋다. 학습한 내용을 복습하는 것은 장기적인 학습에 도움이 된다. 학습한 내용을 정리하고, 주기적으로 복습하면 기억력을 강화할 수 있다.

충분한 수면을 취하고, 운동이나 취미 등을 통해 스트레스를 해소하는 것도 좋다. 학습에 대한 동기를 부여하는 것도 빠뜨릴 수 없다. 자신이 공부하는 이유를 명확히 하고, 목표에 도달했을 때의 보상을 상상하며 자신을 독려하는 것이 도움이 된다. 이러한 방법들을 적절히 조합하여 공부한다면 누구든 우등생이 될 수 있다는 게 봉기의 믿음이었다.

4학년이 되자 여학생 한 명이 전학을 왔다. 요즘 유행어로 치면 진짜 금수저 출신이었다. 그 여학생은 얼마 지나지 않아 치른 시험에서 당당히 1등으로 올라섰다. 봉기는 충격을 받았다. 독보적 자리에서 강제로 이탈 당하는 기분은 경험해 본 사람만 알 수 있는 모독이자 어떤 치욕이다. 1등이라는 정상에서 강제로 탈퇴 당하는 느낌은 자존감이나 자신감마저 훼손시킬 수 있다. 좌절감, 분노, 불안, 혼란, 슬픔 등 다양한 감정까지 드러난다. 이러한 감정은 개인에 따라 다를 수 있지만, 그 상황의 심각성과 영향 범위에 따라 감정의 정도는 사람에 따라 다를 수 있음은 물론이다. 권좌(?)에서 강제로 쫓겨나는 상황에서는 다음과 같은 요소들이 나타난다.

우선 자아 개념과 정체성에 대한 도전으로 인한 본인 위상의 훼손이다. 또한 강제로 이탈 당하면 불공정한 상황이라고 느낄 수 있다. 특히 봉기의 경우는 이런 주장에 더욱 설득력이 보태졌다. 전학 온 여학생의 집안은 그야말로 어마어마했다. 부모가 모두 교육자 집안이었다. 작은 집 식구들도 마찬가지라고 했다. 반면 봉기는 어떠했는가. 어머니는 모습조차 그릴 수 없었고 아버지는 허구한 날 밖에서 고주망태가 되어 귀가하는 날이 한 달이면 보름 이상이나 되었다. 자신의 공부와 교육에 전혀 관심 없는 집안 분위기는 뽀얀 먼지가 자욱한 비포장길의 험로일 따름이었다. 그러한 봉기의 암담하고 처참한 현실 인식은 시나브로 공부에 대한 무력감까지 함께 일어났다.

"환경이 어떻든 열심히만 하면 된다."를 주창하던 담임선생님의 말씀까지 불신으로 도배되면서 신뢰와 자신감까지 동시에 하락시키는 기저로 작동했다. 이후로도 시험은 계속되었지만 2등으로 주저앉은 봉기는 1등 여학생을 도저히 추월할 수 없었다. 100미터 달리기 경주에서 봉기는 스타트라인에 서 있는 것과 달리 그 여학생은 이미 50미터 앞까지 와서 달리는 모양새였다. 도무지 게임이 되지 않았다. 봉기는 공부에 대한 흥미를 더욱 잃기 시작했다. 지옥 같은 집을 나와 학교에 가는 시간이 가장 좋았고 재미있었지만 그 여학생이 전학을 온 뒤로는 아니었다. 5

학년이 되자 성적은 더욱 추락했다. 동기부여의 상실이 불러온 어쩌면 당연한 수순이자 결과였다.

　동기부여의 상실은 여러 가지 부정적인 영향을 가져온다. 동기부여가 상실되면 무기력감과 태만함이 생길 수 있다. 과제나 목표를 이루기 위한 노력을 기울이지 않고 일을 미루거나 피하게 되는 경우가 발생한다. 성과 저하는 다음 수순이다. 동기가 없는 상태에서는 일에 대한 흥미와 열정이 부족하며, 결과적으로 성과가 떨어진다. 동기부여의 상실은 자아 존중감도 하락시킬 수 있다. 목표를 이루지 못하거나 노력하지 않는 것에 대해 자신을 비하하거나 실패자로 느낄 수도 있기 때문이다. 동기부여의 상실은 스트레스와 불안을 유발할 수도 있다.

　목표를 달성하지 못하거나 업무에 집중하지 못하는 상황에서는 불안과 자책감이 커지며, 이는 심리적인 스트레스를 초래하기 마련이다. 자기 계발이 저하될 수도 있는가 하면 개인적인 성장과 발전까지 멈추게 되는 경우도 발생한다. 봉기는 새삼 자신의 가정환경의 열악함, 아니 초라함까지를 되돌아보지 않을 수 없었다. 가정환경의 열악함은 당사자에게는 신체적, 정서적, 사회적 영향을 줄 수 있어서 심각한 국면을 초래할 수 있다. 먼저 부모의 문제가 부각된다. 가정에서 부모가 정서적, 정신적, 신체적인 문제를 겪거나 중독, 폭력 등의 문제가 있다면 가정환경은 열악해진다. 여기에 부모의 부재는 더욱 심각성을 내포한다.

　　　　　　　　　　　　　　　　　　　　평행선

다음은 경제적 어려움이다. 가정 내에서 경제적인 문제가 지속되는 경우, 생활수준이 낮아지고 필수적인 요구들을 충족시키기 어려워진다. 이로 인해 영양실조, 건강 문제, 교육 저하 등의 문제가 발생할 수 있음은 물론이다. 더 나아가 가정 내에서 폭력적인 행동이 발생하는 경우, 가정환경은 극도로 열악해진다. 가정폭력은 신체적, 정서적, 성적 폭력으로 나타날 수 있는데 가해자와 피해자 양측의 건강과 안녕에도 심각한 영향을 미친다. 봉기는 여기에 '모(母)의 결여'가 추가되었다. 엄마의 관심과 지원 부족은 아동의 성장과 발달에 부정적인 영향을 준다. 이러한 가정환경의 열악함은 고스란히 해당 아동 및 가족 구성원들의 건강과 행복에 부정적인 영향을 미치게 마련이다.

따라서 가정은 무조건 화목해야 한다. 사실 이런 주장은 현실적으로 어려운 목표일 수도 있다. 가정은 가족들의 다양한 성격, 가치, 욕구 등이 교차하고 충돌할 수 있는 복잡한 공간이기 때문이다. 사람은 본디 십인십색이듯 가족 구성원들 역시 서로 다른 개인적인 요구와 의견을 가지고 있으며, 이에 따라 갈등이 발생할 수 있어서다. 사실 가정 내에서 갈등이나 문제가 발생하는 것은 자연스러운 일이며, 이는 가족 구성원들이 서로 성장하고 발전하기 위해 해결해야 할 과제이다. 중요한 것은 가정 구성원들이 갈등과 문제를 건강하게 다루고 해결할 수 있는 기술과 태도를 갖추는 것이다.

봉기는 6학년이 되자 더욱 가파른 생활고의 쓰나미가 닥쳐왔다. 결국 소년가장으로 나서기에 이르렀다. 돈을 버느라 학교에 못 가는 날이 가는 날보다 두 배 이상이나 되었다.

이제 겨우 국민학생인 자신이 돈을 벌어야만 살 수 있는, 말도 안 되는 허구 투성이의 세상과 초라하기만 한 집구석의 처참한 현실에 봉기는 분통이 터졌다. 그래서 때론 모든 걸 다 버리고 어디로든 사라지고 싶었다. 하지만 또 참았다. 아무리 경제적 무능력자에 고주망태라지만 아버지는 아버지였다. 아들과 아버지와의 관계는 천륜(天倫)으로 이어진 특별한 관계이다.

그래서 아버지는 아들에게 애정과 지원을 제공하는 데 아주 중요한 역할을 한다. 이는 감정적인 지지, 격려, 안정감을 제공하고, 아들이 자아를 발전시키고 성장할 수 있도록 도와줌으로써 표현될 수 있다. 또한 아버지는 아들에게 가치, 도덕적 원칙, 지식, 기술 등을 가르침으로써 영향력을 행사할 수 있다. 아버지는 역할모델로서도 중요하다. 행동을 통해 양식을 제공하고, 아들이 성장하며 발전할 수 있도록 영감을 줄 수 있어야 한다.

아들이 자립적으로 성장하고 독립적으로 행동할 수 있도록 아버지는 아들을 지원하고 격려해야 마땅하다. 이는 아들이 자신의 능력과 자신감을 발휘하며 책임감을 가지고 세상과 상호작용할 수 있는 기회를 제공하는 것에 대한 투자이기 때문이다. 아버지와 아들 간의 대화와 소통은 말할 것도 없다. 이해와 상호 간

평행선

의 관계를 형성하는 데 중요한 역할을 하므로 개방적이고 존중하며 이해심 있는 소통을 통해 아들과 아버지는 서로의 생각, 감정, 욕구를 이해하고 의견을 나눌 수 있는 것이다. 여하간 그렇게 또 야속한 세월은 흘러갔다.

7

　상경한 연숙은 고생이 많았다. 서울에서 처음엔 전공인 간호부로 일하려다가 이내 마음을 접었다. 병원의 특성상 병원에서 만난 전 남편과 아울러 거기서 파생된 아들까지 툭하면 괴로움으로 떠오르는 아픈 상념이 될 게 뻔했기 때문이다. 고민하다가 제법 손님이 많은 식당을 전전하며 열심히 일했다. 한정식 전문이자 요정 형태의 큰 고급식당에서는 성실까지 인정받아 거기서 숙식까지 해결했다. 공손하고 진중하게 일을 한 덕분에 주변의 칭찬이 무성했다. 그러나 엉큼한 손님들은 그녀에게 무시로 치근거렸다.

　"임자 없는 나룻배는 타는 게 임자!"라며 만무방처럼 지분거리는 손님이 다반사였다. 반면 진지하게 혼담을 거론하거나 부추기는 이도 없지 않았다.

"처자는 올해 나이가 얼마야? 내가 좋은 혼처를 알고 있는데 소개해 줄까?"

그럴 적마다 연숙은 곤혹스러웠다. 정식으로 결혼한 건 아니었지만 어쨌든 한 아이를 출산한 경험을 가진 처지였던 연숙은 평생 독신으로 살겠노라 다짐한 지 오래였다. 그럴 때마다 주변의 공격은 더욱 심해졌다.

"여자 팔자는 뒤웅박 팔자라고 하잖아. 여자는 뭐니 뭐니 해도 남편이 벌어다 주는 돈으로 집에서 살림이나 하는 게 장땡이라고."

3년 동안 연숙이 서울에서 겪은 일은 정말 파란만장했다. 그녀를 어찌 해보려고 수작을 부렸던 남자들은 트럭으로 넘쳤다. 그러나 독한 마음가짐으로 모든 남자를 이겨냈다. 연숙은 3년이 지나서야 친정을 찾았다. 엄마와 이모가 연숙을 끌어안고 울었다.

"이 모진 년 같으니라고. 대체 어디서 뭘 하며 살았니?"

아버지는 연방 헛기침을 하며 중심을 잡으려고 노력했다. 연숙은 그동안 객지서 산전수전을 다 겪으며 악착같이 번 돈을 모두 내놓으며 말했다.

"이제는 집에서 쉬고 싶어요."

연숙을 친정에선 모두 환영했다. 하지만 친정이라고 해서 모두 좋은 사람만 있는 건 아니었다. 연숙은 아이를 출산한 경험이 있는가 하면, 그 아이마저 내팽개치고 집을 나온 '모진 엄마'라는 주홍 글씨가 동네 사람들의 인식에 두껍게 각인돼 있었기 때문이다. 그걸 모를 리 없었지만 연숙은 침묵했다.

'그래요, 맞아요. 나는 내가 낳은 핏덩어리 아기마저 버리고 가출한 진짜 나쁘고 비정한 엄마였어요. 그래서 내 아들에게 평생토록 속죄하며 살 겁니다.'

친정에서 연숙이 할 일은 별로 없었다. 부모님도 연숙에겐 그 어떤 일도 할 필요가 없다며 그냥 쉬라고만 했다. 그렇게 얼마나 또 세월이 흘렀을까…

이웃 동네서 혼담이 들어왔다. 이정팔이라는 남자인데 병으로 아내가 죽은 지 몇 년 된 홀아비라고 했다. 자식은 아들 하나를 뒀는데 착하고 홀아비의 재력 또한 만만치 않다고 했다. 그러거나 말거나 연숙에겐 여전히 마이동풍이었다. 남자라고 하면 무조건 싫었다.

그만큼 첫 남편 태일에게서 받은 트라우마의 상처가 깊었다. 하지만 아버지 오장부의 생각은 달랐다. 하나뿐인 소중한 딸이 처녀로 늙어 죽는다는 건 장차 조상님들께도 큰 죄를 짓는 것이었다. 이 험한 세상을 살면서 상처 없는 인생은 과연 누가 있을까. 그렇다면 그건 분명 축복받은 삶이었으리라. 연숙이 지난 과거를 후회하고 참회하면서 살아온 지도 꽤 되었다. 따라서 이제는 결혼, 그것이 비록 초혼이 아닌 재혼이긴 하더라도 일부종사(一夫從事)의 길을 가는 것이 타당하다고 장부는 생각하였다. 장부는 어느 날 날을 잡아 연숙과 진지한 대화를 가졌다.

"너도 그동안 수절을 할 만큼 했다. 그런데 이제는 너도 네 장래를 생각해야 할 나이다. 나는 네가 재혼을 하는 게 좋겠다는 생각이다."

연숙은 여전히 손사래를 쳤다.

"죄송합니다만 아버지마저 그러시면 저는 다른 곳으로 또 나가겠습니다."

장부는 뜨끔했다. 재혼 문제는 더 이상 얘기하지 말자고 다짐했다.

하여튼 그때까지도 연숙은 주기적으로 괴로운 환청이 들렸다. 심신이 고달프면 증상은 더했다. 그것은 아들 봉기의 엄마를 원망하는 울부짖음이었다.

"엄마 엄마, 대체 어디 있어요? 엄마는 이 아들이 정말 보고 싶지도 않으세요?"

자다가도 그 같은 흉몽을 꾸면 벌떡 일어나기가 다반사였다. 식은땀이 얼굴에 흥건했다. 정말 미안하다! 하지만 이게 너와 나의 정해진 운명인 듯싶으니 어쩌겠니? 평생 이 나쁜 엄마를 용서하지 말거라. 절대로!

그런데 이미 연숙의 아픔과 곡절의 자초지종을 들어서 잘 알고 있던 이정팔은 은밀하게 그녀의 모습을 몇 번이나 먼발치서 살폈다.

정말 예뻤다! 그녀와 반드시 부부의 연을 맺고 싶었다. 논과 밭이 많았기에 재력으로 누구한테도 꿀리지 않았다. 정팔은 연숙을 자신의 부인으로 만들기 위해 돈을 쓰기로 했다. 뚜쟁이 할머니로 소문난 같은 동네의 노파를 매수했다. 정팔이 뚜쟁이 할머니에게 강조했다.

"이 일이 잘 성사되면 지금 드리는 이 돈의 다섯 배를 추가로 드리겠습니다!"

하루아침에 빈집에 소가 들어오듯 거금을 받은 노파의 입이 찢어졌다. 그날 이후부터 그 노파의 연숙 친정 출입이 잦아졌다. 이미 장부와 윤애의 마음까지 매수한 뚜쟁이 노파는 마침내 연숙과도 마주하게 되었다.

"죽은 사람 소원도 들어준다는데 내 얼굴을 봐서 딱 한 번만 만나 줘. 그리고 마음에 안 들면 다시는 안 만나면 되잖아?"

장부 부부도 응원군으로 나섰다. 열 번 찍어 안 넘어가는 나무 없다고 결국 연숙의 마음도 시나브로 무장해제로 바뀌었다. 날을 잡아 찻집에서 만나기로 했다. 한껏 단장을 한 정팔에 비해 평상복으로 수수하게 차려입은 연숙이 다방에서 만났다. 정팔은 가슴이 마구 뛰었다. 자신의 앞에 마치 천사가 앉아있는 듯 보였다. 어찌나 좋았던지 찻잔을 든 손이 바들바들 떨릴 정도였다. 말까지 더듬으며 자신이 지금 무슨 말을 하는지조차 가늠하지 못하는 모습에서 연숙은 정팔의 순수성을 발견했다. 피식 웃음이 났지만 애써 참았다. 예상과 달리 둘은 계속해서 만나는 사이로 발전했다. 극장에도 가고 짜장면도 맛있게 먹었다. 장부는 연숙과 결혼하여 전처에게서 낳은 아들이 거북스럽다면 큰집에 보내면 된다며 더욱 집요하게 꼬드겼다. 마침내 난공불락과도 같았던 연숙의 마음은 파도에 무기력한 모래성으로 허물어졌다.

　결국 둘은 부부가 되기로 합의했다. 부부 합의의 함의는 서로의 의견과 요구를 존중하고 공평하게 대우하는 데 방점을 찍는다. 이는 건강한 가정 관계를 유지하고 긍정적인 상호작용을 촉진하는 데도 도움이 된다. 이 합의는 의사소통을 강화하며 서로의 생각, 감정, 욕구를 솔직하게 표현하고 이해하며, 문제 해결과 타협에도 아주 효과적이다. 그들은 이를 충분히 인지하고 있었다. 연숙은 정팔을 만나면서 몇 년 동안이나 상실했던 미소를 비로소 되찾는 기분이었다. 남녀 간의 사랑은 인간관계에서 경험하는 강력하고 특별한 감정적 연결을 나타낸다. 사랑은 상호 존중, 신뢰, 관심, 배려, 지지 등의 요소들을 포함하는 깊은 감정적인 연결을 의미한다. 또한, 사랑은 상호 의존성과 연결성을 나타낸다. 서로를 지지하고, 어려움과 도전을 함께 극복하며, 삶의 기쁨과 슬픔을 함께 나누는 것이 사랑의 핵심이다. 정팔은 결혼식을 서둘렀다. 연숙은 가슴이 쿵쾅쿵쾅 뛰었다. 이번 결혼만큼은 반드시 성공하길, 그래서 백년해로하길 간절히 기도했다.

8

태일의 삶은 하루가 다르게 절벽으로 더욱 치닫고 있었다. 술이 없으면 살 수 없는 나날이 지속되었다. 알코올에 포로가 되어 일을 하는 날보다 술에 취하는 날이 더 많았다. 적당한 음주가 아니라 폭주의 연속이었기에 이튿날 아침에도 술이 깨지 않았다. 더군다나 거기에 설상가상 격으로 빈속에 해장술까지 마시니 독약도 그런 독약이 또 없었다. 해장술은 더욱 빨리 취한다. 수중에 돈은 없었지만, 설상가상 술탐은 더 기승을 부렸다. 아들 봉기는 어느덧 국민학교 6학년이나 될 정도로 성장하였지만 정작 봉기의 아버지인 자신의 몸은 갈수록 피폐되고 있음을 느꼈다.

당시에도 봉기는 공부를 잘 했다. 툭하면 학교에서 받아오는 상장이 그 방증이었다. 그러나 아들 하나 있는 것을 어찌 건사해서 잘 키우나에 대한 고민보다는 소주 한 병 더 마시는 게 태일의 삶의 목적으로 변형되고 굴절된 지도 꽤 되었다. 그러다 보니 외상 술값이 눈덩이처럼 커졌다. 동네에 하나뿐인 구멍가게에서는 현찰 박치기가 아닌 이상 태일에게 소주를 절대로 외상으론 주지 않았다. 아무리 봉기를 윽박질러 가게에 보내봤자 빈손으로 돌아오기 일쑤였다. 통행금지가 시작되는 자정 이전에 술 심부름을 시키면 돈을 주지 않는 이상 언제부터인가 봉기는 집에 돌아오지 않았다.

밤새 자신이 술기운으로 주저리주저리 헛소리나 해대며 왕년의 무용담을 장광설로 떠드는 데 그만 학을 뗐기 때문이었다.

그런 아버지에게 넌더리가 난 봉기는 남의 집 마루 밑에 기어들어가 풍찬노숙을 했다. 그래야 이튿날 졸린 느낌임에도 학교에 갈 수 있기 때문이었다. 그날도 태일은 시내에서 대낮부터 술에 곤죽이 되었다. 예전 자신의 수하에 있던 부하를 길거리에서 우연히 만났다. 그가 술을 사준 덕분에 모처럼 부어라 마셔라 실컷 취했다. 그러나 수년째 폭음을 이어간 탓에 기력이 쇠잔해진 태일은 집으로 돌아오는 동네 어귀에서 허깨비처럼 아무 데서나 쓰러지고 말았다. 그것도 바지에 오줌까지 흥건하게 싼 채로. 과음하여 오줌을 싸는 이유는 신체적인 영향 때문이다.

알코올이 체내에 흡수되면 신장으로 이동하여 요로 각 기관을 자극하고, 비뇨기계의 기능을 촉진시킨다. 이로 인해 배뇨를 유발하며 뇌신경까지 작용하여 배뇨 중추를 자극한다. 따라서 적당한 음주는 몰라도 과도한 음주는 감각과 인지능력에 영향을 주는데, 이는 배뇨에 대한 느낌도 변화시킬 수 있다. 알코올로 인해 배뇨에 대한 인지가 둔화되거나 혼란스러워지면, 오줌을 싸는 행동이 예기치 않게 발생할 수 있다. 물론 여기서 중요한 점은 과음으로 인해 오줌을 싸는 행동이 임의적이거나 의도적인 것은 아니라는 점이다. 그렇긴 하더라도 예나 지금이나 과음한 뒤 길거리에서 아무렇게나 오줌을 싸는 행위는 정말이지 목불인견의 참상이랄 수 있다.

여하튼 소문은 바람보다 빨랐다. 소식을 전해 들은 봉기는 달려와 그런 아버지를 보면서 동네 사람들 대하기가 너무도 부끄러웠다. 동네 아저씨 도움을 받아 어찌어찌 집으로 모시곤 왔으나 이대로 계속하여 같이 살 수는 없다는 판단이 섰다. 하지만 엄마마저 남편을 버리고 떠났거늘 자신까지 아버지를 버린다면 과연 누구라서 아버지를 돌보겠는가? 괴로움의 딜레마에서 고민하던 봉기는 이튿날 술이 깬 아버지와 담판을 짓기로 했다.

"아버지, 저랑 얘기 좀 하세요! 정말 왜 이러시는 겁니까? 저는 학교에서 아이들은 반드시 행복해야 할 권리가 있는 거라고 배웠습니다. 그런데 아버지가 지금껏 저에게 해주신 게 뭡니까? 고작 비에 섞인 눈물 젖은 빵밖에 안 주셨잖아요? 아무튼 저도 내년이면 중학교에 가야 하는데 아버지가 맨날 이렇게 술만 드시고 길거리서 쓰러지시면 어떡하라는 거예요? 제발 술 좀 끊으세요! 그리고 무슨 일이든 꾸준히 좀 하세요. 아버지가 자꾸만 이러시면 저, 진짜 집 나갈 겁니다!"

이게 바로 봉기가 훗날 가출하여 서울을 경유, 인천까지 가서 철공장에 들어가게 된 곡절의 단초였다.

태일은 아들의 말이 패씸하기 했지만 틀린 말은 아니었다.

"내가 아비 노릇을 못 해 미안하다."

말은 그렇게 했지만 예전엔 산천초목도 흔들었던 자신의 위상이 한꺼번에 무너져 내렸다는 부끄러움과 자괴감에 곤혹스러웠다. 그 일을 계기로 태일은 닷새나 금주했다. 그렇지만 작심삼일, 아니 '작심오일'의 주당은 역시 변함이 없었다. 술만 보면 탐닉 현상이 태일을 지배하고 조종했다. 그렇게 태일은 더욱 깊은 타락의 길로 접어들고 있었다.

결국 봉기는 무능한 아버지로 인해 중학교에 갈 수 없었다. 봉기는 국민학교 6학년 2학기 무렵부터 학교 대신 풍운역으로 진출했다. 태일을 대신하여 소년가장이 된 것이다. 달구리(새벽에 닭이 울 무렵)부터 신문팔이, 구두닦이, 주전부리 행상 등으로 돈을 벌었다. 신문은 예나 지금이나 최고의 지식이었다. 봉기는 자신이 파는 신문 중에서 반드시 한 부는 남겼다. 자신이 먼저 큰 제목만 대충 본 뒤 집에 가지고 가서 아버지께 드리는 걸 원칙으로 삼았다. 그만큼 봉기는 아버지를 위(爲)하는, 여전한 효자였다.

신문은 당시에도 최신의 뉴스와 정보를 제공하는 매체였다. 물론 '최고의 지식'이라는 표현은 상황과 관점에 따라 달라질 수 있다. 신문은 일반적으로 다양한 주제와 다양한 관점에서 이야기를 다루지만, 깊은 분석이나 상세한 정보를 제공하기보다는 빠른 속도로 뉴스를 전달하는 것에 초점을 맞추고 있기 때문이다. 어쨌든 신문은 일상생활에서 일어나는 사건과 이슈를 신속하게 전달한다.

이를 통해 독자는 최신 동향에 대해 알 수 있고, 사회적, 정치적, 경제적인 변화를 파악할 수 있다. 신문은 정치, 경제, 사회, 문화, 스포츠 등 다양한 주제를 다루며, 이를 통해 독자는 폭넓은 지식을 얻는다. 다양한 관점과 의견을 접하며 사회 이슈에 대한 다양한 시각을 형성할 수 있음은 물론이다. 신문은 신뢰성 있는 기사를 제공하기 위해 사실 확인과 균형 잡힌 보도에 주력한다. 대부분의 신문은 독립적이고 전문적인 기자들로 구성되어 있으며, 기사를 작성하기 전에 다양한 소스를 확인하고 검증하기에 신뢰가 높다.

그러나 신문에는 몇 가지 제한사항도 있다. 어떤 신문이더라도 편견이나 편향이 존재할 수 있다. 신문사의 정치적 또는 경제적 이해관계, 기자의 개인적인 성향 등이 기사 작성에 영향을 미

칠 수 있기 때문에 그렇다. 그러므로 이를 인지하고 다양한 신문
을 참고하는 것이 중요하다. 당시 신문은 한글과 한문을 병기했
다. 봉기는 옥편(玉篇)을 사서 짬짬이 신문에 난 한문을 공부했
다. 배우는 맛이 쏠쏠했다. 봉기는 신문에서 본 '책 한 권은 하
나의 대학에 필적한다'는 구절을 떠올리며 독서의 중요성을 곱
씹었다.

해가 완전히 솟고 출근하는 사람의 발걸음이 분주할 때면 신
문팔이는 얼추 마치는 시간이었다. 다음부터는 구두닦이를 했
다. 구두닦이의 세계에도 엄연한 구분과 위계질서가 있었는데
그건 바로 '닦새'와 '찍새'라는 이분법이었다. 그렇게 손님의 구
두를 가져오는 임무를 하는 아이는 '찍새', 구두만 전문으로 닦
는 아이는 '닦새'라고 불렸다. 봉기도 처음엔 주로 인근의 다방
을 찾아가 손님의 구두를 벗겨오는 '찍새'가 주된 임무였다.

보기만 해도 흡사 조폭의 행동대장과도 같았던 '닦새' 형(兄)
은 자신의 손이 놀 틈이 없을 정도로 그렇게 부지런히(!) 돌아다
니며 손님들의 구두를 '벗겨오라'고 강권하기 일쑤였다.

근처의 역 대합실과 다방 등지를 부지런히 다니며 손님들의
구두를 벗기느라 신경전을 벌이기가 다반사였다. 근데 당시 구
두닦이란 직업은 뭇사람들의 천대의 대상이 되기 십상이었던 까
닭으로 때론 이유조차도 없이 이른바 '골목 양아치'들의 주먹감

이 되기도 다반사였다.

그들은 어찌나 치사했던지 겨우 구두나 닦는 봉기를 대상으로 "가진 돈 다 내놔!"라며 협박하는 비열함의 만행도 유감없이 보였다. 그런데 그처럼 연유도 없이 두들겨 맞는다는 건 도무지 용인할 수도, '승인'하기도 힘든 난제(難題)에 다름 아니었다.

그래서 봉기는 어느 날엔가는 급기야 자강불식(自强不息)의 어떤 방편의 교두보를 확보하기에까지 이르렀다. 그건 바로 복싱(권투)을 배우는 것이었다. 비록 정식 선수로 데뷔하진 않았지만 몇 달간 은밀하게 밤마다 배운 복싱으로 말미암아 봉기는 비로소 자신감을 '획득'했다. 마침맞게 복싱을 가르쳐주는 도장의 관장은 봉기 아버지의 건달 출신 후배였다.

자초지종을 들은 관장은 봉기에게 특별한 관심을 부여했다. 그는 사람의 급소를 알려주면서, 특히 특정한 부위 세 군데만 골라서 가격하면 아무리 천하장사라도 순식간에 제압할 수 있다며 그곳을 집중적으로 타격하는 훈련을 시켰다. 덕분에 그 이후론 봉기에게 괜스레 생떼를 부리는 녀석들도 모조리 굴복시키는 괴력을 발휘하기에 이르렀다.

봉기는 그때 비로소 깨달았다.

'세상에 공짜는 없다. 또한 이 세상은 정글과도 같다. 고로 약육강식(弱肉强食)의 비정한 논리만이 여전히 득세한다. 따라서 스스로 힘을 길러야 한다!'라고. 그런데 봉기가 예전엔 한가락 했

평행선

던 태일의 아들이라는 사실을 익히 아는 주변 사람들이었기에 돌아서면 뒷담화가 무성했다.

"쟤가 그 사람 아들이라며?"

"응, 자기 아들이 공부 잘한다고 그렇게 자랑하더니만 지금은 저게 뭐야?"

"그 사람 완전히 타락했더구만."

"항상 술에 취해 비몽사몽하는 걸 보면 정말 한심해. 그런 걸 보면 술을 일컬어 '도깨비뜨물'이라고 한 이유를 알겠더라고."

"내 말이!"

도깨비뜨물은 '술'의 다른 이름이다. 과거 민가에서 담가 마시던 농주는 그 빛깔만 보면 마치 허연 쌀뜨물 비슷했다. 그런데 많이 마시면 무슨 조화를 부려서 사람의 정신을 오락가락하게 한다. 따라서 이는 술에 대한 은유적 표현이며, 과음(過飮)을 경계하라는 뜻을 담고 있는 말이다. 봉기가 그런 소리를 모를 리 없었다. 하지만 자존심 따위를 따졌다간 죽도 밥도 없었다.

그렇지만 자신의 또래가 등.하교하는 모습을 보면 너무나 부끄럽고 부러웠기에 자꾸만 몸을 숨겼다. 초등학교 졸업식 날에도 봉기는 학교에 갈 수 없었다.

그보다 중요한 것은 돈을 벌어야했기 때문이다. 고립무원과 사면초가의 처지인 봉기와 그의 아버지에게 경제적 도움을 주는 이는 주변에 아무도 없었다. 세상이 그처럼 비정했지만 하는 수 없는 노릇이었다. 당장 먹고살기도 바쁜 민초들은 오로지 자기 가족만 챙겼다. 아들 하나 있는 게 자신의 무능으로 인해 공부도 못하고 역전에서 돈을 버는 현실에 태일은 기가 막혔지만 막상 태일은 그 어떤 것도 할 수 없었다. 그래서 그런 자신의 처지가 더욱 초라하고 부끄러웠다. 그럴 적마다 유일하게 위안이 돼주는 것은 술밖에 없었다. 술을 마셔야만 비로소 삶의 괴로움을 잊을 수 있었다.

9

봉기를 길러주신 할머니는 봉기가 열여덟 무렵 영면하셨다. 사람은 누구나 생로병사의 길을 간다. 천하를 쥐었다던 진시황도 나이 오십을 못 채우고 죽었다. 삶의 끝은 그렇게 모든 사람에게 도래하는 것이다. 삶의 굴곡이 유달리 가팔랐던 할머니께서는 젊어서 과부가 되었고 아들이 선종(先終)한 뒤로는 줄곧 혼자 사셨다. 그 아들은 뇌전증(간질병)으로 인해 우물에서 물을 긷다가 그만 쓰러져 어머니보다 먼저 저승에 가는 불효자가 되었다. 뇌전증은 발작을 유발할 수 있는 원인 인자가 없음에도 불구하고 뇌전증 발작이 반복적으로 발생하여 만성화된 질환군을 말한다.

예전엔 '간질병(癎疾病)'이라고 했는데 자체가 잘못된 용어는 아니지만 사회적 편견이 심하고, 간질이라는 용어가 주는 사회적 낙인이 심하기 때문에 뇌전증이라는 용어로 변경되었다고 한다.

지금은 모르겠지만 보릿고개였던 당시에 있어 자식의 뇌전증은 치료 개념이 아니라 오로지 그 명을 하늘에 맡기는 일종의 방임주의 성격이 강했다. 더욱이 가난하기 그지없는 집안에서는 병원에 갈 돈조차 있을 리 만무하였다. 당시는 그렇게 살기가 정말 힘들었다. 결국 봉기가 '아저씨'라고 불렀던 할머니의 아드님은 우물가에서 실로 어이없는 최후를 맞았다. 사람은 있고 없고를 떠나 사랑하는 자식이 결혼을 하고, 귀여운 손주를 본 뒤 눈에 넣어도 아프지 않은 그 녀석들의 재롱을 보는 맛에 이 힘든 세상을 기꺼이 살아 나가는 것이다.

다른 집 할머니처럼 그동안 사랑하는 가족들과 함께 보낸 소중한 시간과 추억조차 간직하지 못하고 떠나시는 할머니를 보면서 봉기는 통곡했다. 봉기와 유모 할머니의 관계는 사실 피 한 방울조차 섞이지 않은 남남의 사이였다. 그렇지만 둘의 관계는 친할머니와 친손자 이상으로 각별했다. 봉기는 어려서부터 할머니를 엄마로 알고 자랐다. 밤에도 할머니의 쭈글쭈글한 젖을 만져야만 비로소 잠을 잘 수 있었다. 비록 먹을 게 없어 꽁보리밥에 수제비가 밥상의 대세를 이뤘지만 봉기는 곁에 할머니가 있

　　　　　　　　　　　　　　　평행선

다는 것만으로도 충분히 행복했다. 할머니가 산소에 묻히던 날 봉기는 자신도 할머니와 같이 묻어달라는 말도 안 되는 행태를 보였다. 측은지심이었을까, 동네 사람들도 따라서 울었다. 할머니가 저세상으로 떠나시던 날은 하늘도 아팠던지 아주 많은 비가 쏟아졌다. 그 비는 정말 무겁고 칙칙한 엘레지(elegie)였다.

이러구러 10대 종착역에 닿은 봉기는 막역한 지인의 소개로 괜찮은 직장에 들어갔다. 유명한 관광지의 호텔리어였는데 대우가 괜찮았다. 비록 '호텔 보이'라는 소리를 듣기는 했지만 벌이는 좋았다. 초라하기 그지없던 소년가장 시절에 비하면 가히 환골탈태의 대변신이었다. 고난의 시기가 끝나는 듯싶었다.

아침저녁으로 목욕을 하고 신사복 정장을 하여야 하는 직장 근무복의 특성상 주변의 인기가 높았다. 입고 있는 옷에 따라 사람의 행동이나 심리에 변화가 생기는 것을 이르는 그야말로 '제복 효과'였다. 특히 근처 직장의 여성들에게서 "만나자"는 전화도 잦았다. 그 즈음에 만난 여자가 한순정이었다. 보면 볼수록 예뻤고 밝고 명랑하여 봉기를 단숨에 사로잡았다. 그녀에게 푹 빠진 봉기는 잦은 데이트를 즐겼다.

부모님이 모두 계신 데다가 오빠와 언니 동생까지 있어서 가족 간 우애도 깊었다. 봉기처럼 혈혈단신으로 이 험한 세상을 맨땅에 헤딩하기식으로 살아온 잡초 같은 인생과는 차원이 달랐다. 봉기는 순정에게서 자신이 경험하지 못한 살가운 모정(母情)

까지 느낄 수 있었다. 어머니는 자식을 위한 일이라면 물불 안 가리고 덤벼든다. 어머니는 자식을 위해서라면 어떤 일이든 적극적으로 도와주려고 한다. 자식을 위한 행동이라면 감당하기 어려운 일이나 불편을 감수하더라도 망설임 없이 힘쓴다.

이는 어머니의 무한한 사랑과 헌신을 보여주는 특징이다. 어머니는 자식의 안녕과 행복을 최우선으로 생각하며, 그를 위해 자기 자신을 희생하는 일도 감내한다. 이는 어머니의 끊임없는 애정과 헌신을 나타내는 아름다운 특성이다. 봉기는 순정에게서 그러한 어머니의 이면과 속내까지를 덩달아 읽을 수 있었다. 놀은 더욱 깊숙이 사랑에 빠졌다.

세상에서 가장 아름다운 건 사랑이다. 사람이 사랑에 빠져서 더욱 깊은 감정을 느끼고 있다는 것은 좋은 경험이다. 사랑은 그걸 느끼는 사람에게 큰 기쁨과 만족을 줄 수 있는 강력한 감정이기 때문이다. 더욱이 깊은 사랑은 상대방에 대한 감정과 관심을 깊게 느끼며, 그와의 관계를 특별하게 여기는 것을 의미한다. 따라서 사랑에 빠진다는 것은 자신의 감정을 자기 자신과 다른 사람과의 연결에 더욱 집중하고, 그 사람을 위해 무언가를 희생하거나 보살피는 것을 의미할 수 있다. 또한 이는 두 사람 사이의 관계를 더욱 특별하게 만들어 주는 중요한 요소이다.

그럴 즈음 나라에서 징집영장이 나왔다. 학력이 국졸에 그쳤

으므로 봉기는 현역병으로 갈 수 없었다. 신병교육대 교육을 마친 뒤 동대 행정병인 방위병으로 복무했다.

동대 행정병은 각 동 예비군 중대본부에 파견근무를 하는 향토방위병 중대 소속이었으며 예비군중대장의 지휘를 받았고 지역 예비군 관리를 담당했다. 예비군의 훈련통지서도 직접 돌렸다.

예비군 중대본부는 동사무소나 파출소와 같이 있는 경우가 많았으며 소속 지역 예비군 수에 따라 적으면 4~5명에서 많으면 8~9명이 근무하는 행정반 형태였다.

근무 시간 중에는 '방위'라고 써붙인 군복을 입었지만 출퇴근 시엔 반드시 사복을 입어야 했다.

또한 점심식사가 제공되지 않았기에 도시락을 지참해야 했다. 현역병이 방위병을 무시하고 하대하는 문화가 전 군에 퍼져 있었지만, 방위병은 그래도 매일 퇴근할 수 있었고 복무 기간이 짧았기에 견딜 만 했다. 그 당시에는 주 6일 근무 제도를 시행했으므로 토요일에도 출근을 해야 했는데, 토요일에는 오전에만 근무했다.

그렇게 탈없이 복무를 잘 마친 뒤 허름한 직장을 구했다. 이어 순정에게 정식으로 프러포즈를 했다. 순정은 계산적인 여자가 아니었다. 그만큼 순수하게 봉기를 사랑했다. 봉기는 순정만 봐도 힘이 솟았다.

순정을 따라 예비 처갓집을 찾았다. 목가적 풍광의 전형적 시골이었다. 고즈넉한 풍치는 가시처럼 날카롭게 살아온 봉기의 마음을 무장해제의 동산에 밀어 넣었다.

넓은 들판, 푸른 언덕과 야트막한 산 등은 자연의 소리와 풍경까지 즐길 수 있었다. 각종 농작물을 재배하고 가축을 기르는 농업 활동이 이루어지는 모습에서는 전형적인 부촌임이 느껴졌다. 순정의 부모님을 만난 봉기는 넙죽 큰절부터 했다.

순정에게서 이미 들은 바 있었기에 봉기의 '족보'를 잘 알고 있던 순정의 부모님은 봉기를 탐탁스러워하지 않았다. 하지만 순정이 "이 남자 아니면 안 돼!"를 결사 항전으로 외치는 바람에 결국 승낙하고 말았다. 이후 둘은 조촐한 혼례로 부부가 되었다. 살림집은 없는 돈에 맞추다보니 허름한 반지하의 월세방밖에 없었다. 낮에도 전등불을 켜지 않으면 암흑이었다. 그렇지만 둘은 불행하다는 생각을 버렸다. 앞으로 열심히 살면 멋진 집으로 얼마든지 이사를 하면 된다는 긍정적인 마음가짐을 견지하기로 했다. 이듬해 아들이 태어났다. 이름을 장영웅으로 지었다. 봉기는 아들을 보면서 이를 악물었다. '아들아, 너는 내가 겪었던 고통을 절대 경험하지 않도록 해주마! 나는 비록 억압받는 잡초처럼 빼앗긴 미래를 살아왔지만 너는 반드시 네 이름처럼 '영웅'으로 잘 자라게끔 내가 최선을 다 하마!' 영웅은 둘의 바람처럼 무럭무럭 잘 자라주었다.

10

그런데 봉기의 아들 영웅이 두 살 째로 접어들 무렵 태일의 건강에 심각한 적신호가 켜졌다. 오랫동안 고통에 힘들어하다 결국 병원에 입원한 태일은 간경화 진단을 받았다. 이후 복수가 차면서 건강이 더욱 악화되었다. 담당 의사는 태일과 봉기에게 마음의 준비를 하라고 일러줬다. 태일은 병실에서 자신의 곁을 지키는 봉기에게 마음과 같이 말하고 싶었다. 그러나 그 말은 바위에 부딪히는 파도의 포말(泡沫)처럼 그저 마음속에서만 맴돌 뿐 정작 입 밖으로는 낼 수 없었다. 그만큼 상황이 심각했다.

— "봉기야, 정말 미안했다. 나는 사실 네 아버지로서도, 네 엄마의 남편으로도 자격이 없었다. 그렇지만 내가 너한테 해주지 못한 말을 꼭 남기고 가야 할 듯싶어서 말한다. 나는 시골 어부

의 아들로 태어났다. 아버지는 비록 못 배웠지만 성정이 밝으셨다. 내가 태어난 곳은 전형적인 어촌이었는데 아버지는 어머니와 함께 부모님께 물려받은 땅으로 농사도 지으셨단다. 그런데 폭풍우가 사납게 치던 날 고기잡이를 떠난 아버지는 그만 바다에서 실종이 되었지 뭐니. 시신조차 찾지 못하게 되자 어머니는 실신을 했고 그로부터 시름시름 앓아누우셨다. 몇 달을 고생하다 그만 어머니도 돌아가셨는데 문제는 그때부터 더욱 불거졌다.

일가붙이들이 어떤 작당을 꾸몄는지 그만 아버지 소유의 땅을 지들끼리 쪼개어 나눠서 팔든가 소유하고는 시치미를 뚝 뗀 것이었다. 어린 나이였지만 외삼촌에게서 그 얘길 들으니 속에서 천불이 나더구나. 아무리 내 입장이 그로부터 고립무원이자 사고무친의 처지가 되었다지만 해도 해도 너무하다 싶었다. 그래서 하루는 아버지의 사촌 형 된다는 집을 밤에 찾아갔지. 나한테도 우리 아버지의 땅을 판 돈 일부라도 줘야 먹고 살 것 아니냐고 따졌다. 그러자 '어린 네가 뭘 안다고 덤비느냐?'며 되레 귀싸대기를 올려붙이더구나. 순간 나는 눈이 홱 돌아버리는 기분이었다. 이판사판이라는 생각에 방 안에 있던 빨랫방망이를 주워 그 양반의 어깨를 가격했지. 순간 그 집안 식구들이 놀라며 나를 죽일 듯 달려들더구나. 거기서 있다간 뼈도 못 추리겠다는 두려움에 36계 줄행랑을 쳤다. 야반도주를 한 거지.

평행선

마치 6.25 때 토벌군에 쫓기는 빨치산처럼 산 넘고 물 건너는 강행군의 도주를 하면서 아무 데서나 쓰러져 갔다. 밥은 거렁뱅이 흉내를 내면서 얻어먹었고 옷은 빨랫줄에 걸려 있는 옷을 훔쳐서 입으며 서울을 향해 올라가기 시작했다. 도비노리(달려가는 열차에 몸을 날려 몰래 열차에 탄다는 뜻. 주로 밀수꾼들이 쓰는 용어)로 공짜 열차도 타는 등 고생이 이루 말할 수 없었다. 그러다가 하도 배가 고프길래 중간인 여기 풍운역에 내리게 되었다. 교통이 편리한 곳인 데다가 없는 것 빼곤 다 있는 도회지인지라 맘에 와 닿더구나. 처음엔 고생을 말할 수 없이 했다.

　그러다가 건달들의 사치스러운 행각에 눈을 뜬 거지. 그들은 주먹 실력만 출중하면 단숨에 오야붕(두목)도 되더구나. 나도 저렇게 되어 배고픔까지 일거에 해소하리라 마음먹었지. 그날부터 독한 맘을 먹고 가까운 산에 올라가 맷집이 좋은 나무를 상대로 격투기 연습을 했다. 발차기 연습은 물론 주먹 단련 등으로 적지 않은 기간을 투자했다. 그러자 자신감이 붙더구나. 내 실력을 테스트해 볼 요량에 하루는 풍운역 앞에서 술에 취해 거들먹거리는 건달 하나에게 다가갔다. 그리곤 일부러 그와 부딪쳤는데 예상대로 욕지거리를 퍼부으면서 주먹이 날아오더구나.

　이때다 싶어 나는 그 주먹을 피하면서 그자의 복부를 발로 찍었지. 휘청하면서 앞으로 몸을 굽히는 그자의 면상을 향해 박치기로 승부수를 띄웠다. 순식간에 그가 역전 바닥에 뻗어버리자

저만치서 그를 따라오던 동료 건달들이 놀라서 우르르 달려들더구나. 십여 명이 나를 포위하곤 제압하려 했지만 어림없었지. 나는 그들마저 굴복시키며 단박에 풍운 역전의 스타로 거듭났다. 그로부터 나는 건달이 되었는데 물론 보스가 되기까지는 몇 년이라는 세월을 더 필요로 해야 했다. 어쨌든 막상 오야붕이 되고 나니 세상에 부러울 게 없었다.

날마다 부하들이 술을 사고 주변의 상가에서는 칙사 대접을 받았다. 어딜 가든 돈을 받지 않더구나. 밤마다 술집과 화류세에서 가장 예쁘다는 여자와 동침했다. 당시는 주먹이 법보다 가까웠던 시절이었기에 가능했지만. 아무튼 그때가 나로서는 정말이지 화양연화(花樣年華)의 봄날이었다.

그러던 중 하루는 상대 폭력배들의 기습 공격에 내가 많이 다치는 일이 발생했지. 그래서 치료 차 입원하게 되면서 당시 간호사였던 네 엄마와 인연이 되었던 것이다. 아무튼 이제 와 후회해 봤자 소용없는 일이지만 당시 네 엄마 말대로 나는 그때 손을 씻고 건달 세계를 깨끗이 떠났어야만 했다. 그랬더라면 너한테도 네 엄마한테도 아픔은 주지 않았으련만… 봉기야, 지금껏 나는 너하고 막걸리 한 잔조차 나누지 못한 게 정말 한스럽구나. 또한 돈도 안 주면서, 그것도 꼭 자정이 임박할 무렵이면 내가 술을 사 오라고 닦달하는 바람에 너는 어려서부터 고생을 참 많이 했지? 그 또한 미안하기 그지없구나. 나는 지은 죄가 많아서 이렇게 일찍 간다. 그렇지만 내가 죽거든 수소문해서라도 네 엄마를 꼭 찾아봤음 싶구나.

그리곤 네 엄마를 보거든 내가 죽기 전에 유언으로 '당신에게 지은 죄를 용서 바랍니다'라고 남겼다는 것을 꼭 좀 전해주었으면 좋겠다. 또한 공부를 가르치지 못한 너에게도 이 못난 아비는 용서를 구하고 싶다. 아버지가 자식에게 교육을 안 시켰다는 것은 그 어떤 이유로도 변명이 되지 않는다는 것을 잘 안다.

따라서 자녀가 적절한 교육을 받지 못하면 학업적, 사회적, 정서적인 측면에서도 어려움을 겪을 수 있음은 상식이거늘 나는 늘 그렇게 술만 마시다 보니 그만 그런 기본적 상식까지 까먹었다. 그래서 입이 열 개라도 할 말이 없구나. 어쨌든 나를 반면교사 삼아서 너는 부디 평안하고 안온한 가정을 만들며 행복하다 살다가 천천히 오길 바란다. 잘 있거라." ―

고통으로 신음하던 태일은 영원히 눈을 감았다. 그것도 유일한 혈육인 하나뿐인 아들에게조차 유언 한 마디 남기지 못한 채로. 봉기는 장례를 치르면서도 울지 않으려고 노력했다. 울면 어머니를 또다시 원망할 게 뻔했다.

"가출한 당신 때문에 일찌감치 삶을 포기한 아버지가 저렇게 허무하게 빨리 돌아가셨습니다. 그러니 당신이 책임지세요!"라면서.

장례를 치를 때나 집안에 결혼식이 있을 때도 가족이 많으면 다다익선이다. 하지만 봉기는 그럴 형편조차 못 되었다. 자기 혼자서 장례를 치르자니 초라한 건 기본이요 너무도 헛헛했다. 그러면서 다른 집의 가정을 떠올렸다. 봉기와 달리 다른 집은 식구가 많았다.

1945년 8월 15일 일본제국이 연합군에 항복하며 8.15 광복이 이뤄진 이후 전시 경제, 청년 인력 공백 등의 악재들이 일시에 해소되며 1945~1946년부터 출생아 수 증가가 시작되었다. 1947~49년 사이에는 미뤄왔던 출산이 본격적으로 이뤄지며 연간 출생아 수가 60만 명대 후반으로 크게 증가했다. 인구의 자연증가율도 17% 내외를 기록하며 1920년대 말~1930년대 초 수준을 회복했다. 그러나 1950년 6.25 전쟁이 시작되며 1950~51년 연간 출생아 수는 60만 명대 초까지 줄어들었다. 하지만 1951년 여름 오늘날의 휴전선 부근으로 전선이 고착화되자 1952년부터 출생아 수 회복이 시작되었다. 이후 1953년 휴전으로 전쟁이 사실상 끝나고 청년들이 복귀하자 전후 베이비붐 현상이 발생하며 1954년부터 1960년까지 급격한 출생아 수 증가가 도드라졌다.

이 시기 가임기 여성 출산율은 연간 평균 6.0 이상을 기록했고, 출생아 수도 급격히 늘어 1960년에는 108만 명으로 역사상 최고점을 기록하였다.

덕분에 이 시기 태어난 이들은 평균 5.2명의 형제를 두고 있을 정도로 가정에 아이가 많았다. 봉기의 국민학교 급우와 동네를 보더라도 형제가 보통 예닐곱 명은 기본이었다. 그래서 형제가 많은 집안의 아이는 설혹 어디서 맞고 들어오더라도 많은 형제들이 뒷배를 봐주었으므로 함부로 하지 못했다.

봉기는 그런 현실을 떠올리며 장례를 치렀다. 문상객은 철 지난 바닷가인 양 썰렁했다. 하긴 과거에나 주먹 보스였지 지금의 태일에게 남은 건 과연 무엇이 있었던가. 따지고 보면 태일은 평행선의 삶을 살아왔다. 평행선은 같은 평면상에서 서로 교차하지 않고 일정한 거리만큼 떨어져 있는 두 개 이상의 직선을 말한다. 두 개의 평행선은 어떤 점에서도 만날 수 없으며, 이러한 성질은 평행선의 중요한 특징 중 하나다. 평행선은 수학뿐만 아니라 현실 세계에서도 자주 등장한다.

예를 들어, 철도의 기차선은 서로 평행한 선으로 구성되어 있다. 또한 건축 디자인에서도 평행선의 개념은 매우 중요한데, 건축물의 건축설계에서는 서로 평행한 선들이 많이 활용되기 때문이다.

여하간 삼일장을 치른 뒤 봉기는 선친의 유품을 모두 불살랐다. 그러면서 인간의 삶이란 과연 무엇일까를 떠올렸다.

'아버지~ 저세상에서는 부디 평안하십시오.' 불은 강찬 바람을 타고 미친 듯이 춤을 추었다. 봉기는 새삼 삶의 허무함을 다시금 곱씹었다. 따지고 보면 누구에게나 인생은 고작 화무십일홍이었다.

11

　연숙이 지인의 입소문으로 태일의 죽음을 인지한 것은 태일의 장례를 마치고 서너 달이 지난 후였다. 가슴이 미어졌다. 봉기는 제 아버지의 장례를 치르면서 얼마나 나를 원망했을까! 하지만 그러한 아픔과 심상함을 내색할 수는 없었다. 자신은 이제 엄연히 남의 부인이자 비록 전처 소생이라고는 하되 한 아이의 엄마인 때문이었다.

　재혼한 뒤 연숙은 비로소 가정의 본질이 무엇인지를 새삼 발견할 수 있었다. 그건 부부간의 신뢰와 응원이 바로 평화로운 삶의 본령이라는 사실이었다. 연숙은 잠시 고민했다. 생각 같아서는 이제라도 봉기를 만나 자신의 잘못을 뉘우치고 용서를 받고 싶었지만 이내 고개를 좌우로 흔들었다. 이 풍진 세상사의 모든 건 때가 있는 법이다. 따라서 그럴 거면 아예 집을 나오지 말았거나 아님 봉기가 국민학교에 다닐 적에 다만 한 번이라도 짬을 내서라도 만났어야 했다. 그리곤 속죄의 기회를 가졌어야만 비록 빨래말미(장마 때 빨래를 말릴 만큼 잠깐 날이 드는 겨를)의 잠깐이라도 마음이 펴졌을 것이었다. 하지만 이미 기회는 상실한지 오래였다. 모든 건 다 때가 있는 법.

연숙은 남편과 자식까지 버리고 나온 비정한 여자의 독한 마음을 꾸준히 견지하리라 마음먹었다.

어쨌든 연숙의 남편이 된 정팔은 진심으로 연숙을 사랑하고 아꼈다. 그래서 불만이 없었다. 다만 눈에 거슬리는 것은 자신의 처지가 자랑스런 조강지처가 아니라 부끄러운 재혼녀라는 불편한 주변의 시선이었다. 그렇지만 정팔은 연숙을 지극정성으로 아꼈다. 그런 분위기는 정팔의 부모님도 마찬가지였다. 더욱이 연숙이 간호부 출신의 '똑똑한 여자'라는 소문까지 가세하고 포장되면서 정팔의 고향에서는 심지어 그녀를 구경하려는 사람도 점증하는 분위기였다.

그래서 연숙이 따로 마련된 살림집에서 살다가 이따금 시댁을 찾는 날이면 그 동네 사람들은 그녀의 미모와 학력을 두고 입방아를 찧느라 바빴다.

"울 아버지는 여자는 시집이나 잘 가면 되지 공부는 무슨 공부냐며 국민학교만 나와도 된다고 자식의 교육엔 도무지 관심을

평행선

안 보였는데 정팔이 새 안식구는 집안도 괜찮은지 아무튼 간호 대학까지 나왔다지?"

"내 말이. 하여간 이젠 여자도 많이 배워야 되는 세상이라구."

연숙은 현모양처로서의 길을 충실하게 걸었다. 비록 첫 결혼 생활에서는 쓰라린 상처와 극도의 아픔을 겪었을망정 앞으론 절대로 그런 일이 없을 거라는 확신을 자신의 마음에 깊이 심었다. 그러자면 본인 자신도 더 열심히 사는 방법만이 최선이라고 다짐했다. 그처럼 스스로를 담금질하면서 살고자 노력하는 만큼 연숙에 대한 주변의 신망도 더욱 높아져 갔다. 그런 분위기와 자신감은 연숙으로 하여금 정팔에 대하여 무언가의 소득을 안겨주고 싶다는 바람으로 자연스레 연결되었다. 그것은 자신을 애지중지 아껴주는 정팔에게 보답하기 위해서라도 아이를 안겨줘야겠다는 당연한 욕심으로 발전했다. "여보, 우리도 아이 하나 가질까요?"

어느 날 연숙은 잠자리에서 정팔에게 귀에 대고 조심스레 말했다. 정팔은 깜짝 놀라면서도 미소가 금세 무지갯빛처럼 밝았다.

"아니! 당신은 언제 그런 생각을 했소? 말이 난 김에 하는 소리지만 나야 당신이 그래 준다면 더 바랄 나위가 없지요."

정팔은 연숙의 그 말에 벌써부터 세상을 다 가진 듯했다. 둘은 그날부터 더욱 정성스러운 합궁에 몰입했다. 그 결과 연숙이 임신했다. 그 소식에 정팔의 집안은 잔칫집 분위기로 돌변했다. 정팔의 모친은 아들을 원했지만 부친은 달랐다.

"당신은 아들이든 딸이든 괘념치 말아요. 앞으론 딸을 두면 더 호강하는 좋은 세상이 될 거랍디다."

"그래요? 그렇다면 뭐 나도 당신의 의견에 따를 수밖에요."

이듬해 연숙은 딸을 낳았다. 동네가 발칵 뒤집어졌다. 정팔의 부친은 소를 잡아 동네잔치를 벌였다. 손녀의 이름은 이은숙(李恩淑)이라고 작명했다. 정팔과 연숙을 반반씩 닮은 은숙은 그날로부터 그 집안의 보물덩이로 등극했다. 연숙과 정팔도 은숙이만 보면 하루의 피로가 말끔하게 씻겨 내리는 기분이었다.

세월은 흘러 금지옥엽으로 자란 은숙이가 국민학교에 입학했다. 입학 전 정팔의 부친은 은숙에게 천자문과 사서삼경 따위의 고전을 가르쳤고, 정팔과 은숙은 국민학교 1학년 교과서를 사다가 한글을 깨우치게 했다. 덕분에 학교 공부는 순풍에 돛단 듯 쾌항으로 질주했다. 툭하면 상장을 받아왔다. 그럴 적마다 연숙 부부는 칭찬을 아끼지 않았다.

하지만 그런 행복에도 그늘은 존재했다. 문제는 전처 소생의 아들 은철이었다. 은철은 부잣집의 외아들로 자란 탓에 불땔꾼처럼 심사가 비뚤어졌고 공부까지 젬병이었다. 갈수록 학교 성적만으로도 더욱 비교되는 자신에게 열등감을 느끼지 않을 수 없었다. 은철은 성정이 강한 바람비(바람과 더불어 몰아치는 비) 이상으로 거칠어져 갔다. 그건 갈수록 소외되고 있는 자신에게 예전처럼, 그러니까 은숙이 태어나기 전처럼 관심을 가져달라는 항의였다. 점점 더 투박해져 가는 은철의 반항을 모를 리 없었지만 다들 그렇게 모르쇠로 일관하는 분위기였다. 그래서 가뜩이나 사춘기에 접어든 은철은 툭하면 신경질을 부렸다. 하지만 가족들은 그 녀석의 사춘기 반항이 일시적일 거라며 치지도외했다. 그런데 그건 큰 착각이었다. 은철은 노골적으로 은숙을 깔봤다. 뿐만 아니라 은숙은 진정한 자기 동생이 아니라 엄연히 의붓엄마가 낳은 배 다른 아이라며 깎아내렸다. 즉 자신만이 '정통 자식'이라는 주장이었다. 이런 사실을 똑똑한 은숙이 모를 리 없었다. 당시 은철이 겪고 있던 사춘기는 아주 묵직한 심각성을 내재하고 있었다.

사춘기는 인간의 생명주기에서 중요한 변곡점 중 하나다. 이 기간은 대개 10대 초반부터 이어지며, 몸과 마음의 성장에 많은 영향을 미치는 시기다. 사춘기는 체내 호르몬 수치의 변화와 함께 신체적, 인지적, 사회적 변화가 일어나는 시기를 말한다. 이 변화는 개인에 따라 다를 수 있지만, 대체로 다음과 같은 특징이 있다. 먼저 신체적 변화로 체중 증가, 성장 속도 증가, 뼈와 근육 발달, 생식기 발달 등이 뒤따른다. 이어 인지적 변화에 있어서는 추상적인 사고, 논리적인 사고, 추론 능력, 비판적 사고, 자아 개

넘 발달 등이다. 사회적 변화 역시 간과할 수 없다. 친구 관계 변화, 부모와의 관계 변화, 동성 친구와의 관계 변화, 역할 모델 탐색 등이 바로 그것이다.

이러한 변화는 많은 청소년이 어려움을 겪을 수 있다. 불안, 우울, 자아 성찰, 자아 개발 등에 문제가 발생할 수 있으며, 이러한 문제는 심각한 경우 자해, 타해, 사회적 고립 등의 문제로 이어질 수도 있다. 따라서 사춘기의 심각성을 인식하고, 이러한 문제를 예방하고 대처하는데 많은 노력이 필요하다. 가족은 물론 교육자, 상담가 등도 청소년들을 지원하며, 건강한 발달과 성장을 도모할 수 있도록 노력해야 하는 것이다.

은철이 그처럼 때론 일탈의 길로 가고 있었음에도 연숙과 정팔은 일시적이려니 하면서 모른 척하였다. 그러다가 하루는 그예 사달이 빚어졌다. 은철의 담임선생과 함께 집으로 온 은철은 죄인처럼 고개를 푹 숙이고 있었다. 연숙은 비로소 무슨 일이 있었구나 싶어 불안했다.

"은철 어머니 안녕하세요? 저는 은철의 학교 담임입니다. 은철이 아버지는 어디 가셨나요?"

"아 네, 소 우리에 계시는데 무슨 일이 있었나요?"

두근거리는 가슴을 안고 축사로 뛰어가 정팔을 불러왔다. 은철의 죄는 곧 밝혀졌다. 쉬는 시간에 급우와 싸움이 붙었는데 흥분한 은철은 그만 집에서 가져간 도시락에서 젓가락을 꺼내 친구의 얼굴을 마구 찔렀다고 했다. 교실은 단박 피투성이로 아수라장이 됐고 피해를 입은 학생은 병원으로 실려 갔다는 것이었다. 간이 철렁 내려앉은 정팔과 연숙은 백배사죄하면서 어떻게 했으면 좋겠느냐고 물었다.

"어서 병원부터 가 보세요!"

둘은 정신없이 병원으로 달려갔다. 얼굴을 붕대로 친친 감은 은철의 급우는 링거를 맞으며 침대에 누워있었고 그 학생의 부모는 두 사람을 보자마자 버럭 고함을 질렀다.

"애 교육을 어떻게 시켰길래 우리 아이를 이 지경으로 만든 거요?"

"입이 열 개라도 드릴 말씀이 없습니다. 무조건 저희 잘못입니다."

손이 발이 되도록 빌었으나 그들의 노기충천은 더욱 기세등등했다. 간절하게 빈 결과, 치료비 전액 부담 외에도 커다란 액수의 금액을 보상금으로 주는 안으로 가까스로 합의가 이뤄졌다. 집으로 돌아온 두 사람은 탈진하는 느낌이었다. 은철은 고양이를 본 쥐처럼 숨으려 했다. 은철에게 종아리를 걷으라고 한 정팔은 회초리로 마구 때렸다.

"잘못했어요!"

라며 울부짖었지만 정팔의 회초리는 더욱 매서웠다. 연숙이 말리지 않았다면 아마 죽일 수도 있을 듯한 분위기였다. 겨우 말려서 은철을 제 방으로 가게 한 뒤 연숙이 입을 열었다.

"그만 노여움 푸세요. 다 제가 부족한 탓이에요."

정팔은 술을 가져오라고 했다. 거푸 몇 잔을 마신 정팔이 말했다.

"당신이 무슨 죄가 있겠소? 다 아비인 내가 못난 탓이지."

그 말에 연숙의 가슴은 더욱 아팠다. 그런 모습을 지켜보던 은숙은 말없이 제 방으로 건너갔다. 그리곤 하던 공부에 더욱 열중했다.

12

봉기는 선친의 사후 이듬해에 딸을 보았다. 처음엔 아들 하나로 만족하려 했으나 아버지마저 작고하시고 나니 마음이 허허로워 견딜 수가 없었다.

"여보, 아들이든 딸이든 다 좋으니 우리 하나만 더 낳읍시다!"
진지하게 아내를 설득했다.

순정도 동의했다. 딸은 봉기를 꼭 빼닮았다. 그래서 봉기는 더 좋아했다. 봉기는 금지옥엽 딸을 보는 것만으로도 행복하기 그지없었다. 가진 돈과 재물은 없었지만 딸을 사랑하는 아빠의 마음만큼은 그 어떤 만석꾼도 감히 명함을 내밀지 못할 정도로 윤택하다고 봉기는 자신했다.

세월은 다시금 강물처럼 흘렀다. 봉기의 아들 영웅과 딸 은영은 초등학생이 되었다. 둘 다 공부를 썩 잘했다. 툭하면 학교서 상장을 받아왔다. 그래서 집안에는 항상 웃음꽃이 피었다. 봉기는 두 아이에게 남들처럼 사교육을 시켜주고 싶었다. 올바른 자녀교육이야말로 이 험한 세상에서 평생 삶의 안락한 영위(營爲)라는 '고기'를 잡는 튼튼한 그물이라는 걸 진작부터 간파했다. 자신이 배우지 못하여 당해야만 했던 사회적 모욕감과 함께 직업에서의 차별까지 뼈저리게 느꼈기 때문이다. 그런데 문제는 봉기의 여전한 궁핍이었다. 그게 아이들의 사교육 지원 발목을 잡았다.

사람이 배우지 못하면 당해야 하는 사회적 편견은 상당히 많다. 이러한 편견은 교육적 기회가 부족한 사람들이 경제적, 정치적 및 사회적으로 제한되는 경우도 수북하다. 예를 들어, 교육을 제대로 받지 못한 사람들은 직업적인 기회에서 불이익을 받을 수 있다. 이는 고용주들이 교육 수준이 낮은 사람들을 덜 유능하다고 생각하기 때문이다. 이러한 편견은 소득 격차와 불평등을 증가시키는 데 기여하며, 결국 사회 전반적인 발전을 방해한다.

교육이 부족한 사람은 더 많은 편견과 차별을 경험하기 때문에, 사회적으로 배타적인 경향이 높아질 수 있다. 이러한 문제를 해결하기 위해서는 교육 기회를 보장하고 더 많은 사람이 교육에 참여할 수 있도록 하는 것이 필요하다. 어쨌든 자녀교육에 튼실하자는 봉기의 결심은 확고했다. 그러나 정작 문제는 수중에 돈이 없다는 것이었다.

당시 봉기의 직업은 영세 출판사의 세일즈맨이었다. 기본급은 커녕 건강보험 혜택조차 없었다. 오로지 자신이 판매한 서적의 일정 수당만이 유일한 수입원이었다. 그러므로 항상 빈곤에 쪼들렸다. 고민에 휩싸여 고민하던 어느 날 봉기는 공공 도서관에 가는 기회가 생겼다. 도서관에 가득한 책은 보는 것만으로도 충분한 풍요를 선사했다. 독서삼매경에 빠져 두어 시간을 책 속에 풍덩 빠졌다. 봉기는 거기서 신천지를 만나는 기분이었다.

'맞다! 바로 여기다.'

쾌재를 부른 봉기는 집으로 가는 발걸음에 강력모터를 달았다. 도서관이 아이들의 성적 향상에 좋은 이유는 차고 넘친다. 도서관은 수많은 책, 잡지, 연구 보고서 등 다양한 자료를 보유하고 있어 지식과 정보의 확장을 도와준다. 이를 통해 학생들은 자신이 배우고자 하는 분야에 대한 심층적인 이해를 높일 수 있다.

또한 도서관은 자기 학습의 장이다. 학생들은 자신이 배우고자 하는 주제에 대한 자료를 검색하고 찾아보며, 스스로 학습할 수 있다. 이러한 자기 학습 능력은 매우 중요하다. 도서관은 연구 능력을 강화시키는 데도 매우 긴요하다. 학생들은 다양한 자료를 검색하고 비교 분석하며, 자신의 연구 능력을 향상시킬 수 있다. 도서관은 공부의 평화로움까지 제공한다. 조용하고 안락한 환경에서 학생들은 집중해서 공부할 수 있기 때문이다.

또한 도서관은 그룹 스터디를 할 수 있는 공간도 제공하며, 학생들은 서로의 지식을 공유하며 공부할 수 있다. 그뿐 아니라 도서관은 다양한 자료를 제공한다. 학생들은 다양한 책, 잡지, 연구 보고서 등을 이용하여 자신이 배우고자 하는 분야에 대한 이해를 높일 수 있다. 따라서, 도서관은 학생들의 성적 향상에 큰 역할을 한다. 학생들은 도서관을 이용하여 자신의 학업 능력을 향상시키고, 좀 더 성숙하고 자립적인 인간으로 성장할 수 있는 토양까지 제공한다.

집으로 돌아온 봉기는 회심의 미소를 지으며 두 아이를 불러 앉혔다. 그리곤 힘주어 말했다.

"내가 오늘 도서관에 다녀왔는데 유익함이 참 많더라. 도서관에서 유익한 책과 자료를 찾아보는 것은 누구에게나 아주 좋은 습관이란다. 독서를 통해 새로운 지식을 습득하고 정보를 얻는 것은 사람에게 매우 중요하기 때문이지. 또한 도서관에는 다양한 주제의 책들이 많이 있단다. 예를 들어, 역사, 과학, 예술, 철학, 경제, 문학 등 다양한 분야의 책들을 찾을 수 있거든. 이러한 책들을 읽으면서 새로운 지식을 얻을 수 있으며, 독서를 통해 생각을 넓히고 통찰력을 기를 수 있어서 참 좋아. 아울러, 도서관에서는 이용자들을 위한 다양한 프로그램들도 제공하고 있다더

라. 독서 모임, 강연, 전시회, 작가 초청 행사 등 다양한 활동을 통해 독서와 문화에 대한 이해를 높일 수 있기 때문에 자주 갈수록 더 좋은 건 당연하고. 그래서 하는 말인데 이번 주말부터 쉬는 날에는 아빠하고 도서관에 같이 가자꾸나."

아이들은 흔쾌히 수락했다. 아이들이 그렇게 나오니 봉기는 갑자기 효녀 심청의 아버지인 '심 봉사' 즉 심학규가 눈을 활짝 뜨는 그런 기분이었다. 그러나 따지고 보면 심학규는 자신의 눈을 뜨기 위해 딸을 이용한 비정하고 후안무치한 아버지였다. 물론 그를 보는 시각은 사람마다 다를 것이다. 다만 봉기는 자신의 경험 상 심학규를 매우 나쁜 사람으로 인식하는 사람이었다. 아무리 눈을 뜨고 싶어도 그렇지 다른 사람도 아닌 아비라는 사람이, 더군다나 달랑 하나뿐인 딸을 매개로 거래를 했다는 것은 인간이길 포기한 악행이라고 인식했다.

물론 〈심청전〉은 한국의 대표적 고전소설이다. 또한 소설은 본디 픽션(fiction)이다. 그러므로 맹인인 아버지 심 봉사의 개안(開眼)을 위해 공양미 삼백 석에 몸을 팔고 인당수에 몸을 던지는 효녀 심청의 이야기를 다룬 것은 이해할 만하다. 그런데 여기서 희생양이 되는 심청의 처지가 너무나 비극적이다. 황해도 황주목의 마을 도화촌 출신인 심청은 맹인 심학규를 아버지로 두고 태어나자마자 어머니를 여읜다. 눈이 보이지 않아 일을 할 수 없는 아버지의 젖동냥으로 가난하게 자란 후 동냥과 각종 품팔이들을 하면서 홀로 아버지를 극진히 모시며 살아갔다. 어느 날 심 봉사가 밤이 늦도록 귀가하지 않는 딸을 찾기 위해 집 밖으로 나왔다. 길을 지나가다 실수로 개천에 빠져 허우적거리는 것을 몽운사라는 사찰의 화주승이라는 지나가던 승려가 구해준다. 한데 무슨 수작이었는지 아무튼 그 승려는 부처님에게 공양하면 눈을 뜰 수 있다는 말을 하여 심 봉사의 마음을 흔든다.

여하간 중국과 조선을 오고 가며 장사를 하던 상인들이 물살이 심해 사고가 자주 발생하는 인당수 해역에 용왕님을 달래기 위한 인신 공양으로 바칠 사람을 찾고 있다는 얘기를 듣고, 심청은 아버지의 눈을 뜨게 하기 위해 자신이 손수 그 제물이 되기로 작정하고 공양미 300석을 받고 인당수로 몸을 던졌다. 그 뒤 심청의 효심에 감복한 하늘은 용왕에게 물에 빠진 심청을 구하라는 명을 내렸고, 심청은 용궁에서 며칠 동안 호의호식을 누리며 꿈에 그리던 어머니와 다시 만나며 행복한 한때를 보낸다. 이후 어머니와 작별하고, 용왕이 마련해준 연꽃 배를 타고 다시 지상으로 올라가게 되었다. 물 바깥에서 심청을 구해준 황제를 만나 황후가 되고 맹인 잔치를 벌여 그리워하던 아버지를 찾게 되었다. 그리고 심 봉사는 딸과 재회한 기쁨에 눈을 번쩍 떴다. 이에 심 봉사뿐만 아니라 다른 동료 맹인들도 모두 눈을 떴다고 한다. 잔치 이후 심 봉사는 딸과 재회하고 눈도 뜨고 황제를 사위로 두었으니, 금상첨화도 이런 금상첨화가 또 없다. 그뿐만 아니라 영예의 부원군이 되었고, 자신을 도와준 맹인 여인과 재혼하여 자식들도 더 두었다고 한다. 아무리 소설이라지만 웃겨도 너무 웃기는, 아니 어처구니가 없는 소재를 다루었다는 게 봉기의 믿음이었다.

어쨌든 아이들이 도서관의 동행에 동의했기에 기분이 좋았다. 그로부터 봉기는 아이들을 데리고 도서관을 열심히 출입했다. 상식이겠지만 책을 많이 보면 성적도 쑥쑥 올라가는 법이다.

도서관을 출입하게 되면서 봉기는 자녀의 사교육 부담에서 해방되었다. 그것은 분명 가난한 서민의 승리이자 환희였다. 아이들은 잇달아 기쁨을 선물했다. 반에서 최우등을 하더니 점차 전교 1등으로까지 등극하는 것이 아닌가! 자녀가 공부를 잘하면 부모는 기쁨을 느낀다. 이는 부모가 자녀에게 교육을 받도록 지원하고 돕는 것에 대한 보람과 자녀가 자신의 능력을 개발하고 새로운 것을 배울 때 뿌듯함을 느끼기 때문이다. 또한 자녀가 잘 성장하여 미래에 더 나은 삶을 살게 되는 것을 보면 부모로서 자부심을 느끼기도 한다.

어쨌든 봉기는 자신이 부모로부터 받지 못한 교육에 대한 관심과 자녀 사랑이라는 두 마리 토끼를 도서관이라는 무기를 이용하여 모두 잡았다는 기분에 흡족했다. 봉기는 덩달아 자신도 많은 책을 읽었다. 그즈음 만난 게 의미심장한 칭기즈칸의 어록

중 '내 안의 적'이었다.

= ★ 내안의 적 ★ 집안이 나쁘다고 탓하지 말라. 나는 아홉 살 때 아버지를 잃고 마을에서 쫓겨났다. 가난하다고 말하지 말라. 나는 들쥐를 잡아먹으며 연명했고 목숨을 건 전쟁이 내 직업이고 내 일이었다. 작은 나라에 태어났다고 말하지 말라. 어릴 때는 그림자 말고는 친구도 없었고 병사는 10만, 유럽까지 정복했을 때 우리 백성은 어린애 노인까지 합쳐 200만도 되지 않았다. 배운 게 없다고 힘이 없다고 탓하지 말라. 나는 내 이름도 쓸 줄 몰랐으나 남의 말에 귀 기울이면서 현명해지는 방법을 배웠다. 너무 막막하다고 그래서 포기해야겠다고 말하지 말라. 나는 목에 칼을 쓰고도 옥에서 탈출했고 뺨에 화살을 맞아 죽다 살아나기도 했다. 적은 밖에 있는 것이 아니라 내 안에 있었다. 나는 내 안에 있는 거추장스러운 것들은 깡그리 쓸어버렸다. 나를 극복하는 그 순간 나는 칭기즈칸이 되었다. =

칭기즈칸의 어록을 읽은 뒤 봉기는 이를 더 악물었다. 책을 많이 읽게 되자 이유모를 자신감이 불끈 배양되는 느낌이었다. 두 아이도 독서에 더욱 열중했다.

13

세월은 더욱 여류하여 똑똑했던 은숙은 시험을 잘 치르고 명문대 대학생이 되었다. 반면 공부에는 담을 쌓고 피근피근한 성격으로 툭하면 술이나 마시고 싸움질이나 일삼으며 엇박자 행보를 계속했던 은철은 고3때 불쑥 집을 나가 함흥차사였다. 다가오는 대학입시에서 도저히 합격 가능성이 없음을 자인하고 스스로 결정한 잠수였다.

아무리 백방으로 수소문을 했지만 본인이 작심하고 잠적함에 따라 도무지 찾을 수 없었다. 자식이 집을 나가서 소식이 없으면 가족은 당연히 애간장이 타는 법이다. 연숙은 자신의 부족함 때문에 은철이 가출했다 싶어 마음이 천근만큼 무거웠다.

그러거나 말거나 명문대학에 진학한 은숙은 과 수석으로 질주했다. 그래서 집안 식구들의 촉망을 한 몸에 받았다. 2학년을 앞둔 은숙은 미국으로 유학을 가고 싶다고 했다.

재원(才媛)으로 소문난 은숙이 미국 유학 결심을 나타내자 정팔은 더욱 흥분했다. 미국 유학은 아무나 가는 게 아니라는 건 삼척동자도 다 아는 상식이었다.

"하나뿐인 내 딸이거늘 전 재산을 처분해서라도 반드시 보내겠다"는 것이 정팔의 결심이었다. 이에 연숙은 정팔이 정말이지 눈물나게 고마웠다. 물론 정팔의 집안은 빈곤하지 않았고 아직까지는 경제적 여력이 있었다. 넉넉한 논이든 밭이든 일부만 처분하더라도 언제든 돈을 만들 수 있었다. 문제는 정팔의 칠순 노모였다. 고리타분한 사고방식의 노모는 평소 지론이 "여자는 많이 배우면 안 된다"였다.

지금으로서야 말도 안 되는 근거 없는 성차별적인 편견이었다. 성별에 관계없이 배우고 지식을 습득하는 것은 모든 사람에게 중요하다. 오히려 여성들이 교육을 받고 지식을 습득하는 것은 사회 전반에 긍정적인 영향을 미친다. 여성들이 교육을 받고 자신의 잠재력을 최대한 발휘할 수 있으면, 각 분야에서 성공할 가능성이 높아지고, 가정에서도 존경을 받을 수 있다.

따라서 여성들이 교육을 받을 수 있도록 교육 환경과 기회를 확대하는 것이 중요함은 물론이다. 치매 기운까지 있는 노모의 말씀을 허투루 치부한 정팔은 은숙의 미국 유학을 차근차근 준비했다.

이윽고 준비를 마친 은숙은 대망의 미국행 비행기에 올랐다. 공항에서 눈물을 뿌리는 연숙과 달리 은숙은 자신만만과 환희에 찬 모습이었다. 미국에 도착한 은숙은 누구보다 열심히 공부했다.

은숙은 그러면서 특히 자신의 조국인 한국이 분단된 현실에 주목했다. 그래서 전공 밖이었지만 몰랐던 역사와 국제사에도 흠뻑 빠져들었다. 아울러 '가쓰라-태프트 비밀 협약'에 주목했다. '가쓰라-태프트 비밀 협약'은 1905년에 일본과 미국이 체결한 밀약이다. 밀약의 내용은 "일본은 미국의 필리핀 지배를 확인하며 한국은 일본이 지배할 것을 승인한다."였다. 1905년 일본은 국제적으로 조선 지배를 인정받은 후 을사조약을 체결하여 조선의 외교권을 침탈하였다. 미국의 제26대 대통령인 시어도어 루스벨트는 힘이 모든 것을 결정한다고 믿는, 철저한 사회진화론자였다.

그런 그는 1899년 일본 사상가 니토베 이나조가 영문으로 발표한 『무사도』를 읽고 깊은 감명을 받아, 이 책을 30권이나 사서 지인들에게 나눠줄 정도로 사무라이 정신에 심취하는 동시에 친일(親日) 성향을 갖게 되었다. 그는 1900년 8월에 뉴욕 주지사로서 부통령 후보가 되었을 때에 "나는 일본이 한국을 손에 넣는 것을 보고 싶다"고 했을 만큼 일본에 편향적이었고, 이 편향성은 이후 내내 유지.강화되었다. 루스벨트는 인종적 차이에 대해 강한 신념을 갖고 있는 철저한 인종주의자였음에도 일본만큼은 황인종으로 보려고 하지 않았다. 1904년에는 이랬다.

"중국인과 일본인을 같은 인종이라 말한다면 이것은 얼마나 당치도 않은 말이냐"고 말할 정도로 경도된 인식을 가지고 있었다.

"일본이 한국을 손에 넣는 것을 보고 싶다."는 루스벨트의 희망은 미국의 아시아 정책이 되었다. 게다가 러시아에 대한 루스벨트의 태도는 처음엔 적대적이지 않았으나, 1902~1903년 러시아가 만주에서 병력 철수와 문호 개방 유지의 약속을 지키지 않은 것을 계기로 적대적으로 돌아섬으로써 한국에겐 재앙이 되는 결과를 초래하게 되었다. 이미 1894년 청일전쟁에서 승리한 일본은 1901년 1월 러시아의 한반도 중립화 제안을 거절함으로써 한국을 식민지화하려는 생각을 분명히 했다. 1902년 1월 30일, 일본은 영국 런던에서 러시아에 대해 만주로부터 철병할 것과 한반도에 있어서의 일본의 지위를 인정해줄 것을 요구하는 것을 주요 내용으로 하는 영일(英日)동맹을 체결하였다.

영일동맹 직후 러시아는 조선에 대한 지배력을 강화하기 위한 차원에서 한반도로 군대를 파견해 일본과 충돌을 빚게 했다. 아직은 러시아와 맞붙을 자신이 없었던 일본은 충돌을 피하기 위해 38도선을 기준으로 한반도를 양분해 각각 영향력을 행사하자고 제안했다. 그러나 러시아는 39도선 분단안을 제시해 담판은 결렬되었다. 1904년 1월 26일 러시아의 니콜라이 2세는 알렉세예프 극동 총독에게 친필 서명이 든 전문을 보냈다.

"러시아가 전쟁을 시작하는 것보다는 일본이 먼저 시작하도록 하는 것이 바람직하다. 일본이 먼저 개전하지 않으면 일본군이 대한제국의 남해안 혹은 동해안으로 상륙하는 것을 방해하지 말라. 만약 38선 이북 서해안으로 상륙병과 함대가 북진해오면 적군의 첫 발포를 기다리지 말고 공격하라."고 긴급 지시했다. 1904년 2월 8일, 일본 해군 사령관 도고 헤이하치로가 이끄는 연합함대가 여순항에 정박해 있던 러시아 함대를 향해 돌연 어뢰 공격을 감행했다.

러시아 함대는 큰 손상을 입지는 않았지만, 전함 2척과 순양함 1척을 잃었다. 바로 그날 일본은 동시에 인천 제물포 해상에서 러시아 군함 2척을 기습 공격해 격침시켰다. 일본은 이틀 뒤인 2월 10일 러시아에 선전포고를 했다. 이렇게 시작된 러일전쟁은 1905년까지 만주에 2백만 이상의 병력이 집결된 대전쟁이 되었다. 당시 러시아와 일본의 군사력을 비교해 보면, 러시아가 전반적으로 우월한 위치에 있었다. 러시아의 병력은 1백만이 넘었으며 34만 5천 명의 예비 병력과 더불어 동원 체제에 들어가면 450만 명을 추가로 동원할 수 있었다. 해군력은 51만 톤으로 영국, 프랑스, 독일에 이은 세계 4위였으며, 4개의 주요 조선소를 보유하고 있었다. 반면 일본은 정규 병력 18만에 예비 병력 67만 명을 보유하고 있었으며, 해군력은 26만 톤이었고 조선소는 없었다. 그러나 일본은 하나로 뭉친 반면, 러시아는 둘이었다. 러시아는 차르 체제가 망하기를 간절히 바라는, 레닌(Vladimir Illich Lenin, 1870~1924)으로 대표되는 혁명 세력의 내부 도전에 직면해 안팎으로 두 개의 전쟁을 치러야 했다. 1905년 1월 2일 일본은 여순(뤼순)을 점령함으로써 힘의 균형을 완전히 깨트리는 데 성공했다. 일본군이 밀착포위 공격을 가한 지 240일 만이었다.

러일전쟁은 국제 뉴스의 전쟁이기도 했다. 전쟁 당사국 일본은 80여 명의 특파원을 파견, 전황을 시시각각 타전했다. 그리고 그것은 국운에 막대한 영향을 미쳤다. 1905년 1월, 루스벨트는 국무장관 존 헤이에게 보낸 편지에 이렇게 썼다.

"우리는 한국인들을 위해서 일본에 간섭할 수 없다. 한국인들은 자신들을 위해 주먹 한 번 휘두르지 못했다. 한국인들이 자신을 위해서도 스스로 하지 못한 일을, 자기 나라에 아무런 이익이 되지 않음에도 불구하고 한국인들을 위해서 해주겠다고 나설 국가가 있으리라고 생각하는 것은 불가능하다."

평행선

당시 〈아웃룩 매거진(Outlook Magazine)〉의 편집장 조지 케난도 루스벨트의 친일 성향에 큰 영향을 미쳤다. 케난은 1905년에 출간한 『나태한 나라, 한국』에서 조선인을 나태하고 무기력하며, 몸과 옷차림이 불결하고 아둔하며, 매우 무식하고 선천적으로 게으른 민족이라고 악평을 늘어놓은 인물이었다. 케난은 개인적으로도 루스벨트의 친구이자 이른바 '루스벨트 사단'에 속한 인물이었던 바, 그가 발행하는 잡지는 루스벨트가 정기적으로 구독하는 유일한 잡지였다. 케난이 잡지 기사를 통해 한국을 "자립할 능력이 없는 타락한 국가"라고 묘사하자, 루스벨트는 케난에게 편지를 보내 "한국에 관하여 쓴 당신의 첫 번째 글은 정말 마음에 든다"고 동감을 표시했다.

1905년 8월 루스벨트는 "나는 이전에 친일적이었다. 그러나 지금은 과거보다 훨씬 더 친일적이다."라고 실토했다. 러일전쟁은 각국의 외교력이 첨예하게 부딪히는 외교전쟁이기도 했다. 미국과 영국이 일본을 지원한 반면, 독일과 프랑스가 러시아 지원에 소극적이었던 것이 러일전쟁의 승패를 좌우한 결정적 요인이었다.

러일전쟁이 일본의 승리로 귀결되자 루스벨트는 자국 식민지인 필리핀 시찰 명목으로 육군 장관 윌리엄 태프트를 일본으로 보내 7월 29일 일본 총리이자 임시로 외상도 겸하고 있던 가쓰라 다로와 이른바 '가쓰라–태프트 밀약'을 맺게 했다.

이 밀약은 "러일전쟁의 원인이 된 한국을 일본이 지배함을 승인한다"고 규정했다. 이로써 미국은 일본의 조선 지배를 인정해 주고 대신 일본은 미국의 필리핀 지배를 인정했다. 가쓰라–태프트 밀약 당시 미국의 육군 장관이었던 윌리엄 하워드 태프트는 훗날 시어도어 루스벨트의 뒤를 이어 미국의 제27대 대통령이 되었다.

우리 관점에서 보면 둘은 그야말로 '짜고 친 고스톱'의 전형인 셈이었다. 이는 누군가를 속이기 위해 이미 상호 간 합의된 사항에 대해서 서로 아무것도 모르는 척 연기하는 행위를 일컫는 표현이다. 아무튼 힘이 없는 나라는 이처럼 능멸을 당하기 마련이다. '가쓰라–태프트 밀약'은 결국 6.25 한국전쟁을 불러왔으며 이는 결국 남북한이 영구 분단되는 기획 시나리오의 토대가 되고 말았다.

이 부분에서 은숙은 크게 분노했다. 자신의 편견이겠지만 아무튼 알고 보니 미국은 한반도를 철저히 자국의 이익에 부합되게끔 조종하고 설계한 배후였기 때문이었다. 은숙은 비록 자신이 국수주의자는 아니었지만 이 부분을 가지고 지도교수에게 몇 번이나 따졌다. 그렇게 매몰차기 전까지는 은숙의 실력이 출중함을 간파한 교수들은 애정을 아끼지 않았다. 심지어 "사라진 지 오래이긴 하지만 '우생학'이란 역시 지금도 존재하는 것인가

봐"라고 말하는 구태의연한 사고를 지닌 교수도 있었다. 우생학(優生學)은 유전 법칙을 응용해서 인간 종족의 개선을 연구하는 학문을 뜻한다. 유전학의 한 분야로, 1883년에 영국의 유전학자 골턴이 제창하였다. 인류의 유전적 소질을 향상시키고 감퇴시키는 사회적 요인을 연구하여 유전적 소질의 개선을 꾀한다는 것이 골자이다. 하지만 그건 맹목적 과학 숭배가 낳은 재앙이었다. 당시 탄생한 우생학은 서구 사회에 지우기 힘든 흔적을 남겼다.

돌이켜보면 우생학에는 '사이비 과학'의 요소가 많았던 것이 사실이지만, 당시 사람들은 이를 탄탄한 근거를 가진 과학이라고 생각했다. '과학'에 대한 믿음이 컸던 만큼 우생학이 가져오는 사회적 해악에 대해서 이들은 무관심했다. 이런 무관심 속에 미국은 차별적인 이민법을 통과시켰고, 서구의 각국은 "사회에 도움이 안 된다"는 이유로 수백만 명을 '거세'했다. 독일 나치 정권은 장애인, 유대인 등 소수자를 무차별 학살했다. 우생학이 가져온 재앙은 사회와 정책이 과학을 무조건적으로 신봉하고, 또 과학자들이 권력의 정치적 요구에 맹목적으로 순종했을 때 그 대가가 얼마나 큰 것인지를 극명하게 보여주었던 비극이었다.

찰스 다윈의 사촌이면서 우생학을 창시한 갈톤은 통계학적 방법을 사용하여 지능의 유전, 인간의 차이를 설명하려 했다. 우생학은 이러한 배경에서 태어났다. 우생학을 나타내는 영어 eugenics는 well(잘난, 좋은, 우월한)의 뜻을 가진 그리스어의 eu와 born(태생)의 의미를 지닌 genos의 합성어였으며, 따라서 eugenics는 글자 그대로 '잘난 태생에 대한 학문'(wellborn science)을 의미했다.

갈톤은 우생학을 "향상된 양육을 통해 인간의 유전체를 개선하는 학문" 혹은 "사회적 통제하에 다음 세대 인류의 질을 향상시키거나 저하시키는 작인에 대한 연구"라고 정의했다. 갈톤은 또 우생학을 나쁜 형질의 유전을 최소화하는 노력의 '부정적 우생학'과 좋은 형질의 유전을 극대화하려는 노력의 '긍정적 우생학'으로 나누었다.

여기서 보듯이 우생학에는 처음부터 학문적이고 이론적인 부문뿐만 아니라 선택적인 번식을 통해 인구의 질을 높이는 사회 프로그램 혹은 공공 정책의 요소까지 포함되어 있었다.

20세기 초엽에 다른 나라와 마찬가지로 독일에서도 우생학이 제도화되어 1904년에 우생학 학회지가 창간되고 1905년에 우생학 학회가 만들어졌다. 그들은 "유전적으로 허약한 사람들은 평생 동안 우리 국민들 돈 6만 마르크를 허비한다. 시민들이여, 그 돈은 바로 당신들 돈이다"라는 말로 국민을 현혹했다. 독일의 우생학의 영향력은 1차 세계대전 이후 사회의 전면에 부상했다. 독일 우생학자들은 혼전 건강 검사를 의무화하고 보건증을 교환하는 보건 정책 운동을 시작했으며, 아리안 민족의 우월성을 강조하는 태도를 드러냈다.

몇몇 우생학자들은 독일 민족이 미래 지향적이고, 강인하며, 인내심이 많고, 철학적이고, 객관적이기 때문에 제일 우수하다고 설파했다. 이런 주장은 나치즘의 골간을 형성하는 데에도 중요한 몫을 담당했는데, 히틀러는 독일 민족의 우월성을 주장하는 우생학의 주장을 나치즘의 핵심 원리로 『나의 투쟁』에 포함시켰다. 독일 우생학은 나치당이 정권을 잡으면서 가속화되었다. 1932년 프러시아 정부는 우생학 프로그램을 실시해서 '부적격자'를 자발적으로 거세하는 법을 통과시켰다. 이 법은 그다음 해에 나치가 정권을 잡은 뒤에는 강제 규정으로 바뀌었다. 그 결과 1934년부터 1945년까지 독일에서는 30만 명의 허약자들이 거세당했다.

우생학자들은 불치병을 앓거나 정신병자, 백치, 정신박약자, 불구 아동의 삶을 "살 가치 없는 삶"으로 구분한 뒤에, 국가가 이들을 안락사시킬 수 있다고 정당화했다.

이를 정당화하기 위해 사용했던 논리는 이들이 사회에 기여함이 없이 사회의 예산만 축낸다는 것이었다. 이렇게 시작된 유아 안락사는 대규모 학살의 전주곡이었는데, 나치 정권은

1940~41년 사이에 약 7만 명의 정신병 환자들을 살해한 것을 시작으로 결국에는 수백만 명의 유대인과 기타 "바람직하지 않은 성향"을 지닌 사람들을 제거했다. 미국의 우생학은 거세법의 통과와 인종 차별적인 이민법을 가져왔다. 미국 우생학 운동을 주도했던 우생학 기록국의 찰스 대번포트와 같은 생물학자는 정신박약자와 같은 사람을 거세해야 한다고 오랫동안 주장했는데, 인디애나 주는 1907년에 처음으로 정신병자, 백치, 강간범을 거세하는 거세법을 통과시켰다. 이 법을 통과시킨 주는 1931년까지 30개로 늘어났다.

거세법은 미국에 한정된 것만도 아니었다. 독일은 1932~33년에, 캐나다의 브리티시 콜럼비아주는 1933년에, 노르웨이·스웨덴·덴마크는 1934년에, 핀란드는 1935년에 같은 법을 통과시켰다. 이때 제정되었던 거세라는 우생학적 방법은 흑인이나 다른 유색인에게 특별한 이유도 없이 자행되었을 정도로 남용되었다. 미국 우생학의 또 다른 특징은 인종 차별주의와의 결합이었다. 대번포드는 폴란드인은 배타적이고 이탈리아인은 범죄형이라고 주장하던 인종 차별주의자였다. 1차 세계대전이 끝나고 우생학자들은 생물학적으로 열등한 인종의 이민이 앵글로색슨의 미국을 위협한다고 목소리를 높였다.

이들은 동유럽, 유대인, 아시아, 아프리카로부터의 이민자들이 열등하다는 것을 보이기 위해서 이민자들의 낮은 아이큐를 공개했는데, 실제로 이들의 낮은 점수는 영어를 못하는 이민자들에게 영어로 아이큐 테스트를 했기 때문에 얻어진 결과였다. 그렇지만 미 의회는 우생학자들의 주장을 받아들여서 앵글로 색슨 민족의 이민을 독려하고 대신 유대인이나 동유럽, 아시아나 아프리카 민족의 이민을 제한하는 존슨 이민법(1924)을 통과시켰다. 이 법은 당시에는 미국 우생학의 승리로 간주되었지만, 지금은 사이비 과학이 낳은 가장 대표적인 폐해로 역사에 기록되고 있다.

그렇게 우생학까지 들먹이며 은숙을 총애했던 교수들은 은숙이 미국의 강력한 자국 이익주의 비판을 자주 논하자 실망하는 기색이 역력했다. 교수의 대부분은 보수적이었고 일부는 정부의 정책을 적극적으로 홍보하는 부류였기 때문이다. 어쨌든 은숙은 치열하게 공부에 매진했다. 자신의 모국인 대한민국은 여전히 북한의 남침 협박에 전전긍긍하고 있는 현실이 떠올랐다. 이런 엄연한 현실을 타파하고 극복하자면 자신이 비록 유학생이긴 하되 더 열심히 공부하는 수밖에 없었다. 그래서 훗날 미국에서도 명성을 떨치는 유명 교수와 인사가 되고 싶었다. 그것은 궁극적으로 조국을 위하는 길이며 또한 애국하는 길이라고 생각했다. 그러자 성적이 더욱 치솟았다. 유창한 영어는 달변의 수준으로까지 상승했다. 덩달아 그녀를 좋아하는 미국인 학생과 외국서 온 유학생도 증가했다. 은숙을 동경하는 남자들 사이에는 톰 에반스라는 미국인 학생도 있었다. 은숙은 이들을 모두 간과하고 공부에만 열중했다.

　하지만 톰 에반스의 은숙을 향한 애정 공세는 집요했다. 톰 에반스는 아주 부잣집 아들이었다. 하여 평소의 씀씀이는 상상을 초월했다. 열 번 찍어 안 넘어가는 나무는 없다고 했던가. 은숙은 점차 그에게 호감이 갔다. 간곡한 데이트 신청을 받아들여 함께 간 고급클럽은 톰 에반스 친구의 형이 대표로 있다고 했다. 거기서 환상적인 술과 입에 착착 붙는 고급 안주 맛까지 본 은숙은 점차 톰 에반스에게 마음을 열었다. 그렇게 애인이 된 그들은 수업이 없는 날에는 미국 곳곳을 여행하며 더욱 가까워졌다. 미국은 정말 큰 나라였다. 은숙은 미국이 부러웠다. "왜 우리나라는 이렇게 될 수 없는 걸까?" 최소한 남북한으로 분단만 안 되었어도 지금쯤 국력과 위상은 명실상부 진작에 선진국이 되고도 남았을텐데… 물론 대한민국은 어쩌면 태생적으로 불리한 지형에 놓인 국가였다. 사방에 강대국이 포진하고 있어서 오래전부터 약육강식의 정글 논리에 포위된 나라이기도 했다. 이런 현실을 모를 리 없었기에 은숙의 마음은 더욱 아팠다. 더 열심히 공부하여 조국의 부강을 위해 일조하리라 다짐했다.

평행선

14

봉기는 나이를 먹을수록, 날이 갈수록 여전히 삶이 힘들었다. 그래서 비록 박봉이긴 하더라도 매달 월급이 나온다기에 모 회사의 빌딩 경비원으로 들어갔다. 경비원의 애환은 많았다. 상식이지만 경비원의 애환은 다양하다. 경비원은 보안 시스템을 감시하고 방문객을 검색하며 건물 안팎을 순찰한다.

이런 일들은 대개 규칙적인 업무지만, 언제든지 위험한 상황이 발생할 가능성이 있다. 이러한 가변성은 경비원들은 항상 경계하고 있어야 한다는 압박감을 유발한다. 또한, 경비원은 종종 사람들과 상호작용하면서 대처하기 어려운 상황에 직면할 수도 있다.

예를 들어, 건물 안팎에서 문제가 발생할 때 경비원은 종종 처음으로 대처하게 된다. 이때 경비원은 항상 조심스러워야 하며, 자신의 권한을 벗어날 수 없다는 제한 사항에 대한 압박을 느낄 수 있다. 경비원은 근무 환경이 열악한 경우도 많다. 야간 근무나 야외에서의 근무는 경비원들이 강한 추위, 더위, 비, 눈 등의 악천후와 마주칠 수 있다는 것이다. 이러한 조건에서 일하는 것은 경비원들에게 많은 불편함을 초래한다. 더욱 힘든 것은 주간보다 야근이 두 배나 많다는 것이었다. 야근이 힘든 이유는 여러 가지가 있다.

첫째, 일반적으로 우리 몸은 낮에 활동하고 밤에 휴식을 취하는 것이 기본적인 생리적 패턴이다. 이에 따라, 밤에 일하면 우리 몸의 생체리듬이 깨어지고, 이로 인해 피로, 스트레스, 집중력 저하 등의 문제가 발생한다.

둘째, 야근은 예상치 못한 일정 변경을 초래한다. 예를 들어, 예정된 일정에 문제가 발생하거나 새로운 프로젝트가 갑자기 발생할 수 있다. 이러한 상황에서는 빠른 대응과 긴장감을 요구하기 때문에, 야근은 일반적으로 스트레스를 유발하고 집중력을 분산시키는 요인이 될 수 있는 것이다.

셋째, 야근은 가족과의 시간을 제한하는 요인도 된다. 야근을 하게 되면 직장 생활과 개인 생활의 균형이 깨질 수 있으며, 가족과의 교류와 여가 활동 등을 제한받게 된다. 이러한 상황에서는 가족 관계와 정서적 안정에 부정적인 영향을 미칠 수 있다.

따라서, 야근은 일시적으로는 필요할 수 있지만, 장기적으로는 건강과 생활의 질에 부정적인 영향을 미칠 수 있는 것으로 알려져 있다. 실제로 봉기는 경비원 생활을 하면서 건강이 자꾸만 악화됨을 느꼈다. 그렇지만 자신만 바라보고 사는 순정을 봐서라도 내색은 차마 할 수 없었다.

　봉기가 경비원 생활을 하면서 겪은 또 다른 애로사항은 수평폭력이었다. 수평폭력은 조직 내에서 동료들 간의 상호작용에서 발생하는 심리적, 사회적 폭력을 말한다. 이는 일반적으로 고용주나 상사에 의한 위계적 권력을 행사하는 수직적인 폭력과는 구분된다. 수평폭력의 원인은 다양하다. 예를 들어, 경쟁, 집단 내 부조리, 개인 간 갈등, 인종, 성별, 종교 차별 등의 문제가 이에 해당한다. 또한, 직무 수행의 불균형, 효율성, 지원 부족, 정치적 분열 등의 조직적인 문제도 수평폭력의 원인이 될 수 있다.
　수평폭력의 증상은 조직 내에서 상호작용을 하는 동료들 간의 불화, 갈등, 집단 내 분열, 권력과 권한의 부당한 사용, 강압적인 리더십 등으로 나타난다. 이러한 증상은 조직 내 분위기를 나쁘게 만들어 일의 진행을 방해하고 직원들의 건강과 안녕을 침해한다.
　또한, 조직의 생산성과 성과를 감소시키며 직원의 감정적 안정성과 직무 만족도에도 부정적인 영향을 미친다. 따라서 수평폭력은 조직 내에서 발생하는 문제이며, 이를 예방하고 대처하기 위해서는 조직 내 갈등 조정, 적극적인 리더십, 다양성 존중 등의 조치를 취할 필요가 있다. 봉기는 남들이 모두 무시하는 직업인 경비원 생활이 정말 싫었다. 그렇지만 딱히 마땅한 직업이 없었다. 억지로 하자니 죽을 맛이었다. 그래서 이따금 죽이 맞는 경비원과 술을 나누는 것이 그나마 낙이었다. 소위 진상 손님이 갑질을 할 때는 퇴근 때 홧술이 다반사였다.

홧술은 물론 건강에 직격탄이 된다. 술이 건강을 해치는 이유는 차고 넘친다. 술은 간에 직접적인 영향을 미치며, 지나친 음주는 간 질환인 지방간, 간염, 간경변증 등을 유발할 수 있다. 이는 간 기능 저하와 간세포 손상을 초래하기 때문이다. 또한 과도한 음주는 심장 건강에도 악영향을 준다. 긴 시간 동안 많은 양의 술을 섭취하면 심장근육이 약해지고, 심부전, 동맥경화, 고혈압 등의 심장 질환 위험을 증가시킨다. 음주는 암 발생 위험을 증가시킬 수도 있다. 특히, 알코올과 관련된 암인 구강암, 식도암, 간암, 유방암 등의 발병 위험이 증가한다.

술은 면역 체계에도 부정적인 영향을 미친다. 지나친 음주는 면역력을 저하시키고 감염에 취약해지는 원인이 될 수 있다. 음주로 인해 사고나 부상 위험이 증가할 수 있음은 물론이다. 술에 취한 상태에서의 운전은 사고 위험을 높이며, 술에 대한 의사결정 능력이 저하되어 다른 위험한 행동을 할 가능성도 커진다. 특히 음주운전은 애먼 사람을 죽음에 이르게 하거나 한 가정을 순식간에 비극으로 만드는 단초까지 제공한다. 아울러 지나친 음주는 우울증, 불안장애, 수면 장애 등의 정신 건강 문제를 유발할 수도 있다. 술은 일시적으로는 스트레스를 완화시킬 수 있지만, 장기적으로는 정신 건강을 악화시킨다. 이러한 이유로 술을 적절히 소비하고 건강한 음주 습관을 유지하는 것이 중요하다. 금주 또는 절주, 적정량의 음주와 함께 균형 잡힌 식단, 건강한 생활 습관을 유지하는 것이 건강에 좋다.

이를 모르는 사람은 없다. 그렇지만 이러한 실천이 정작 어려운 것은 궁핍한 상황과 을(乙) 직업군에 처한 대상으로서는 사실상 '강 건너 꽃구경'에 불과하기 때문이다. 경제적 여유의 부재는 정서적 갈증과 함께 고단한 현실에서는 비록 일시적이나마 접하기 쉬운 술로 잊으려 한다는 공통점을 내재하고 있다.

어느 날 봉기와 대작하던 경비원 김 씨도 봉기와 같은 베이비부머 세대였다. 그 역시 봉기와 비슷한 삶의 궤적을 살았지 싶었다.

"장 형은 어머니가 없어서 겪은 고통이 상당하다지만 나는 반대로 일찍 생모를 여의고 대신에 계모 때문에 말도 못 하는 아픔을 겪었습니다."

일반적으로 '계모는 나쁘다'는 어떤 사회적 인식이 아주 나쁘게 각인돼 있는 건 우리가 사는 이 세상의 어떤 모순이다. 그런데 이는 한국의 대표적인 전래동화 『콩쥐팥쥐』 영향이 큰 데서 기인했지 싶다. 드라마의 영향도 간과할 수 없다. 드라마에서는 지금도 여전히 대부분 계모가 악인으로 묘사된다. 드라마 작가의 편견이 바뀔 때도 되었으련만.

많은 계모는 어머니의 일원으로서 가족을 존중하고 지지하는 역할을 성실히 수행하고 있음은 물론이다. 술을 입에 털어 넣으며 봉기는 구시렁거렸다.

"어쨌든 김 형은 계모라도 있었다지만 나는 어머니의 모습은 그림으로조차도 그릴 수 없을 정도로 그 상실감이 무척이나 크답니다. 그래서 저는 지금도 제 생모가 많이 원망스럽습니다."

어머니란 무엇인가.

어머니는 가족 구성원들 간의 유대감과 안정감을 형성하며, 가정의 중심적인 존재로서 가정생활을 조직하고 이끄는 역할을 한다. 따라서 가정에는 반드시 어머니가 존재해야 한다. 어머니의 존재감은 가족과 사회 전반에도 매우 중요하다. 어머니는 자녀들에게 사랑과 보살핌을 주는 동시에, 가정의 중심적인 역할을 수행하여 가정생활을 조화롭게 유지한다. 어머니는 자녀들의 성장과 발달에 관심을 가지고, 신체적, 정서적, 사회적 필요를 충족시키는 역할을 한다. 어머니의 존재는 가정 내에서 안정감과 보호감을 제공하며, 가족 구성원들의 유대감을 형성한다.

어머니는 가정에서 가장 많은 시간을 보내는 경우가 많아 가족 구성원들 간의 소통과 조화를 조절하고, 가정의 일상적인 운영과 관리를 책임진다.

아울러 어머니는 가족의 가치관과 문화를 전달하며, 자녀들에게 도덕적인 가이드라인과 가족의 역사와 전통을 전해준다. 사회적으로도 어머니는 중요한 존재다. 어머니의 역할은 자녀들의 교육과 성공에 큰 영향을 미치며, 자녀들의 사회화를 돕고 자녀들의 가치관과 도덕성을 형성하는 데에도 영향을 끼친다.

따라서 어머니의 존재는 가정과 사회에서 필수적이며, 그들의 역할과 영향력은 가족과 사회 구성원들에게 귀중한 가치를 가지고 있는 것이다.

반면 어머니가 없는 아이, 즉 고아(孤兒)는 그 고통이 얼마나 클까!

술자리의 화두가 '어머니'에 집약되자 봉기의 술맛은 더 썼다.

봉기는 갑자기 짜증이 쓰나미로 몰려왔다. 알코올은 과하면 의사 결정을 저해하는 물질로 둔갑한다. 따라서 자칫 실수를 유발하거나 충동적 결정까지 촉발한다. 봉기는 손사래를 치며 자리에서 일어났다.

"오늘은 그만합시다. 내일은 또 주간 근무이니 아침부터 일하자면 이쯤에서 그만 마시는 게 낫겠네요."

셈을 치르며 손목시계를 보니 어느새 자정이 임박하고 있었다. 그렇게 술자리를 파하고 귀가한 봉기는 이튿날에도 경비원 근무를 시작했다. 점심나절이 되었는데 또 진상 손님이 말썽을 부렸다. 나이도 어린놈이 욕지거리를 일삼으며 위아래를 구분 못 하는 작태가 꼭 두억시니(모질고 사나운 귀신의 하나)를 닮았다.

어찌어찌 겨우 수습하고 났지만, 너무 힘이 드는 바람에 진이 다 빠지는 느낌이었다. 며칠 뒤 휴일을 맞아 모처럼 도서관에 갔다. 쾌적한 도서관은 언제 가도 기분이 좋았다. 어떤 책을 보는데 의미심장의 멋진 말이 그만 봉기의 마음을 격한 흥분으로 흔들었다.

"책을 보면 독자지만 책을 내면 저자가 된다."

봉기는 자신도 책을 쓰기로 결심했다. 동료 경비원들은 야근하면서 TV 혹은 유튜브를 보거나 꾸벅꾸벅 졸 때 봉기는 치열하게 글을 썼다. 그 결과, 그해 겨울에 첫 저서를 냈다.

하지만 곡절이 참 많았다. 무려 440번의 도전 끝에야 비로소 출간의 기쁨과 만날 수 있었기 때문이다. 책을 한 권이라도 내 본 사람은 다 아는 상식이 하나 있다. 그건 정말 힘든 노력과 과정을 요구한다는 것이다. 먼저, 집필이다. 말이 좋아서 책이지 책은 사실 아무나 쓰는 게 아니다. 그만한 내공과 남다른 스토리

텔링까지 담보돼야 한다.

책은 보통 제목, 책날개, 프롤로그, 목차, 에필로그 순으로 엮어간다. 여기에 유명인의 추천사와 삽화 등이 추가되면 책은 더 화려해진다. 그런데 정작 문제는 이게 아니다. 그처럼 힘들게 집필을 마치면 기다리는 난관과 관건은 바로 출판사의 벽을 뛰어넘는 것이다. 물론 경제적 여유가 만만하다면 출간은 비교적 쉽게 이뤄질 수 있다. 따라서 봉기처럼 가난한 서민은 출판비가 발목을 잡았다. 그렇다고 쉽사리 포기할 봉기가 아니었다. 그건 어려서부터 어머니 없이 신산하게 살아온 삶의 이력과 역경의 극복이 자산이 돼 주었기 때문이었다. 남들, 그러니까 거개의 작가 지망생처럼 출판비를 손에 들고 출판사의 문을 노크하는 순서조차 봉기는 답습하지 않았다. 그럴 경제적 여력이 없었기 때문이다. 오히려 봉기는 정공법이 아니라 약간은 거꾸로 가는 우회법(迂廻法)을 선택했다. 책(원고)을 다 써 놓은 뒤 먼저, 인터넷을 검색하여 출판사의 명칭과 이메일 주소를 노트에 빼곡하게 기록하기 시작했다. 그리곤 하루에 10곳에서 많게는 20군데의 출판사에 원고 전체를 송고했다.

아울러 출판 비용을 문의하거나 언제 만나서 출판에 대한 문제를 상의하겠다는 얘기 대신에 무모한 요구를 병행했다.

"난생 처음 힘들게 쓴 글입니다. 그러니 최소한 000만 원은 제가 받아야겠습니다. 이러한 조건에 출간의 용의가 있으시다면 언제든 연락 주시기 바랍니다. 010-####-****" 연락이 올 리 만무였다. 하지만 봉기는 '누가 이기나 보자!'라는 뚝심으로 계속하여 원고를 보냈다. 그렇게 원고를 보낸 출판사가 400군데를 넘었다. '검토하여 연락 드리겠습니다'라는 상투적 회신을 준 출판사는 고작 네 곳에 불과했다. 절망과 포기의 유혹이 찾아왔다.

그렇지만 중단하지 않았다. 여기서 질 것 같더라면 아예 시작도 안 했으리라며 자신을 더욱 담금질했다. 출판사의 문턱에 두드림을 시작한 지 무려 440번째가 되던 날, 마침내 기적이 찾아왔다.

출판사 대표로부터 그예 연락이 온 것이었다. 이튿날 상경한 봉기는 출판계약서에 사인을 하면서 눈물을 쏟았다.

"고맙습니다!"

봉기의 끊임없는 도전이 마침내 결실을 맺은 것이었다. 도전과 연관된 명언은 많다. 그런데 추상적 내용이 많다. 그럼에도 도전은 역시 해볼 만 했다.

그렇게 우여곡절 끝에 책이 출간되자 봉기는 정말 작가의 대열에 올라설 수 있었다. 다음은 출간 덕분으로 에세이 전문 월간지인 〈정말 멋진 세상〉에 게재된 그 잡지 기자와 나눈 봉기의 인터뷰 내용이다.

= "한 사람의 인생을 들여다보면 오르막길, 내리막길, 평지를 걸을 때가 있다. 지금 인터뷰할 경비원 장봉기 씨는 처음에는 가파른 오르막길을 오르다가 내리막길을 거쳐 지금은 평탄한 평지를 걷고 있다. 드라마 속에나 나올 법한 이야기지만, 그는 첫돌에 어머니를 잃고, 방황하는 홀아버지 밑에서 구두닦이를 하며 생계를 이어 나갔다. 어린 시절 인생을 비관하며 잘못된 선택을 할 수도 있었지만, 그는 늘 '할 수 있다'란 믿음을 가지고 살아갔다. 결혼을 해서도 가난에서 벗어날 수 없었다. 그가 어린 자녀들에게 해줄 수 있는 건 고사리 같은 손을 잡고 동네 도서관을 드나드는 것뿐이었다.

시간이 지나 아들과 딸은 모두 명문대에 장학생으로 합격했다. 물질로만 가능할 거라 여겼던 일에 그가 한 것은 돈이 아닌 '사랑'이었다. 그가 힘들고 파란 많은 인생에서 우직하게 버틸 수 있었던 건 가족들의 든든한 사랑이 있었기 때문이다.

Q. 선생님은 어린 시절, 아주 많이 힘든 시간을 보냈다고 들었습니다.

A. 저는 생후 첫 돌 즈음 어머니를 잃었습니다. 가장의 책무마저 방기하고 알코올중독자가 된 홀아버지와 살고자 초등학교를 졸업하기도 전부터 소년가장으로 나섰지요. 구두닦이를 시작으로 행상과 노동 등 갖은 고생을 말도 못 하게 했습니다.

제 나이 환갑이 다 되도록 '엄마'라는 소리는 한 번도 해볼 수 없었습니다. 소년가장으로 고향 역 앞에서 구두닦이를 할 적엔 생면부지의 사람으로부터 무시로 두들겨 맞기도 일쑤였죠. 그러자면 엄동설한보다도 차갑고 메마른 세상에 몸서리를 쳐야 했습니다. 그런 아픔이 존재하기에 저는 처음 보는 사람에게도 사면춘풍의 마인드로 친절히 대하려고 노력합니다.

Q. 자녀분들이 아주 잘 성장하셨다고요? 자랑 한번 해 주세요.

A. 자식 자랑은 팔불출이라지만 저는 그렇게 생각하지 않습니다. 그런 자랑거리라도 있어야 팍팍한 세상을 살아갈 수 있지요. 저는 몹시 가난했기에 두 아이에게 사교육을 시켜줄 수 없었습니다. 대신 어려서부터 주말이면 같이 도서관을 다니며 많은 책을 읽도록 배려했습니다. 덕분에 아이들은 이름만 대면 다 아는 명문대학에 합격했지요.

Q. 자녀 교육 노하우에 대해 소개해주세요.

A. 꼭 많은 돈을 들여 사교육을 받아야만 명문대에 갈 수 있다는 건 착시이자 우둔한 행동이라고 생각합니다. 주변에 있는 도서관만 잘 활용해도 얼마든지 자신이 원하는 대학에 갈 수 있습니다. 문제는 "할 수 있다!"는 의지와 각오입니다. 아울러 저는 아이들을 항상 사랑과 칭찬으로만 대했습니다. 그게 가장 좋은 교육법이었다고 생각합니다.

Q. 경비원으로 일하고 계시는데 일이 힘들진 않으세요?

A. 격무의 경비원인데 박봉인지라 많이 힘듭니다. 또한 소위 '진상손님'이 갑질로 괴롭히는 경우도 없지 않습니다. 그래서 투잡의 방편으로 언론과 기관 등에 글을 써 원고료를 벌고 있죠. 얼마 후면 정년인데 그 안에 제가 목표로 하는 것이 이뤄지면 미련 없이 그만둘 생각입니다. 그 목표는 소위 메이저(major) 언론사의 정식 논설위원이 되는 것입니다. 그러면 급여만으로도 충분히 생활할 수 있거든요.

Q. 이 사회에서 출세나 부가 대물림 되는 현상에 대해선 어떻게 생각하세요?

A. 소위 '금수저' 출신과 일부 재벌 2, 3세들의 이른바 경거망동의 '갑질'이 사회적 지탄의 대상이 되고 있습니다. 이런 현상을 저는 그 부모가 가정교육을 잘못한 결과라고 생각합니다. 콩 심으면 콩 나듯 부모가 올바르면 자녀 역시 절대로 일탈하지 않습니다. 출세와 부가 대물림 되는 현상은 자본주의 국가의 적폐인 까닭에 부정적으로 인식하고 있습니다.

Q. 선생님께 가족은 어떤 의미인가요?

A. 그야말로 쥐뿔도 없는 저를 사랑으로 보듬으며 맞아준 아내가 진정 감사합니다. 가난했지만 그 가난을 탓하지 않으며 묵묵히 공부에 열중한 아들과 딸도 참 고맙고 미안합니다. 타관 객지에서 살고 있지만, 한 달에 한 번 이상은 반드시 집에 와 우리

부부에게 맞난 걸 사주는 것 외에도 용돈까지 쥐어주는 자타공인의 효자 아이들은 따뜻한 제 사랑의 모두입니다.

Q. 대학을 나와도 책을 한 권 내기가 어려운 게 사실입니다. 그런데 중학교조차 진학하지 못한 선생님께서 책을 발간한 이유가 궁금합니다.

A. 외국도 마찬가지겠지만 특히 우리나라는 학력과 학벌을 아주 중요시합니다. 그래서 저처럼 많이 배우지 못한 무지렁이는 사실상 '학력 전과자' 취급을 당하는 게 현실입니다. 한 마디로 무식한 놈이라며 무시를 당한다는 거죠. 이런 주장은 대부분의 대졸자처럼 안정되고 정년까지 보장된 직장을 원초적으로 구할 수 없다는 현실이 웅변합니다. 실제로 저와 같이 가난해서 중학교조차 가지 못한 죽마고우와 고향 초등학교 동창이 더러 있습니다. 배운 게 없다는 죄로 말미암아 그들 역시 고된 노동 등으로 아주 힘든 세상을 살고 있지요. 이런 어떤 불합리한 현실을 타개하고 바로잡고자 하는 의지가 저의 출간 목적이었음은 물론입니다.

Q. 앞으로의 비전, 목표, 계획은 무엇인가요?

본업인 경비원만으론 밥도 겨우 먹습니다. 워낙 박봉이거든요. 따라서 늘 그렇게 돌파구를 모색하고 있지요. 현재 약 다섯 곳의 언론과 기관에 프리랜서 시민기자로 기고하고 있는데 한정된 예산인 까닭에 제가 원하는 수익을 얻을 수 없습니다. 제 꿈은 현재 객원 논설위원에서 벗어나 급여와 상여금까지 꼬박꼬박 받을 수 있는 정식 논설위원이 되는 것입니다. 아울러 출간을 계속하여 반드시 베스트셀러 작가가 되고자 합니다. '불가능은 없다'고 믿고 저는 절대로 우보천리의 걸음을 멈추지 않을 것입니다." =

봉기는 이 인터뷰 이후로 책의 존재감을 알았다. 역시 책은 힘을 발휘했다. 그래서 추가로 4권의 저서를 계속 발간했다. 물론 발간이라는 것은 붕어빵을 찍어내듯 금방 뚝딱 할 수는 없는 일이다. 글자 하나부터 온갖 정성을 기울여야만 비로소 가능한 것이니까.

어쨌든 치열한 집필 덕에 봉기는 다섯 권의 저서 발간 이후 더욱 명망 있는 작가와 시민기자로 활동했다.

15

정팔이 아들 은철의 근황을 알게 된 건 집으로 걸려 온 전화 때문이었다. 그는 은철의 친구라면서 은철이 지금 철송교도소에 수감돼 있다고 했다. 깜짝 놀란 정팔은 은철이 무슨 죄목으로 그렇게 되었냐고 물었으나 전화를 건 사람은 구체적인 건 잘 모르겠다며 전화를 끊었다.

다리가 사시나무처럼 후들거리는 걸 겨우 제어한 정팔은 연숙과 숙의(熟議)에 들어갔다. 은숙 역시 경악했음은 물론이다. 둘은 한참을 논의한 끝에 가급적 빨리 은철을 면회하러 가자고 의견을 모았다. 부끄러운 일이었기에 두 사람 말고는 아무도 모르게 함구하자는 약속까지 도출했다. 둘은 이튿날 철송교도소를 향해 천근보다 무거운 발걸음을 옮겼다.

교도소는 영화에서 자주 다루어지는 소재 중 하나이다. 교도소 설정은 강렬하고 긴장감 넘치는 이야기를 구성하는 데 사용되기 때문에 영화 제작자들에게는 매력적인 주제가 된다. 영화에서 교도소 설정은 다양한 이야기와 테마를 다룰 수 있다. 이는 범죄와 벌을 다루는 범죄 스릴러부터 교정 시스템의 부조리와 인권 문제를 다루는 사회 비판 영화까지 다양하다. 교도소 안에서 벌어지는 캐릭터들의 갈등, 인간성과 회복의 과정, 교도소 내부의 히어로와 악당 등 다양한 이야기들이 펼쳐진다. 이러한 영화들은 종종 범죄자의 인간적인 면을 탐구하고, 재범의 원인과 사회적 배경을 고려하여 교정과 회복의 가능성을 제기하기도 한다. 또한 교도소 내부의 권력 구조, 감옥 생활의 현실, 동료 관계, 교도소 직원들의 역할 등을 통해 교도소의 복잡한 세계를 보여준다. 이러한 영화는 관객에게 범죄와 법과 질서에 대한 탐구와 인간의 복잡성을 경험시켜 줌으로써 사회적인 문제와 도덕적인 고민까지 불러일으킬 수 있다.

또한 교도소 설정은 긴장감과 갈등을 통해 시청자들을 흥미진진한 이야기에 몰입시키는 데에도 활용된다. 하지만 이야기의 전개는 대부분 아름답지 않은 게 현실이다. 당초 목적과 취지와는 사뭇 달리 교도소에서 도리어 범죄만 더 배워서 출감했다는 이야기도 많이 회자된다는 걸 정팔 부부는 잘 알고 있었다. 물론 교도소에서 범죄자들이 더 많은 범죄를 배우고 재범하는 경우는 있을 수 있지만, 이는 교도소 시스템의 한 부분으로 일반적인 상황은 아니다. 교도소는 범죄자들에게 교정과 재사회화의 기회를 제공하기 위해 다양한 프로그램과 서비스를 제공하는 곳이기 때문이다. 이러한 프로그램은 교육, 직업 훈련, 상담, 사회 재통합 지원 등을 포함할 수 있다. 교도소 시스템은 범죄자들을 교정하고 범죄 재발을 예방하기 위해 설계되었으며, 대부분의 교도소는 재범률을 감소시키기 위해 노력하고 있다.

그러나 범죄자들의 개인적인 선택이나 교도소 내부의 환경, 재통합을 위한 지원의 부족, 사회적인 어려움 등 여러 요인으로 인해 일부 범죄자들이 재범할 수도 있다. 이러한 문제를 해결하기 위해 교도소 시스템은 꾸준한 개선과 평가를 진행하고 있다. 범죄 예방 및 재통합을 위한 프로그램의 효과성, 교도소 내부의 환경 및 안전성, 교도소 직원의 교육과 역할 등을 고려하여 개선점을 도출하려는 노력이 이루어지고 있다. 그러나 범죄 예방과 재범률 감소는 복잡한 사회적 문제이며, 교도소 시스템만으로 해결할 수 있는 것은 아니다. 사회적인 요인과 법 집행 기관, 교육 기관, 사회단체, 개인의 협력과 지원이 함께 작용하여 범죄 예방 및 사회적 회복을 위한 종합적인 노력이 필요하기 때문이다.

교도소에 도착한 정팔 부부는 타는 듯 목이 말랐다. 그것은 교도소 특유의 육중한 담이 죄없는 재소자 가족에게까지 요구하는 또 다른 형벌이었다.

이윽고 은철이 면회실로 나왔다. 그동안 볼 수 없었던 몇 년 사이 은철은 부쩍 성장해 있었지만 야윈 모습과 눈에서 뿜어져 나오는 강한 적개심은 마치 먹이를 노리는 굶주린 늑대와 같아 보였다.

순간 연숙은 섬뜩한 느낌이 들면서 자신도 모르게 '오 하느님!'이라는 생각에 포박되었다. 종교는 인간만이 가지고 있다. 종교는 인간에게 특유한 특성 중 하나로 인식된다. 종교는 인간의 신념, 신앙, 영적인 경험, 윤리적인 가치 등을 다루는 체계적인 신앙 체계를 의미한다. 종교는 인간이 세상과 자신의 존재에 대한 궁극적인 질문에 대답하고, 의미와 목적을 찾기 위해 사용되는 도구이다. 인간은 종교를 통해 영적인 경험과 깊은 신념을 형성하며, 종교적인 실천과 의식을 통해 그 신념을 실천에 옮기기도 한다.

어쨌든 이승과 저승이 존재하며 사람이 죽으면 비록 육체는 사라졌을망정 영혼은 저승에서 산다고 믿는 사람이 많은 것은 아마도 종교의 힘이 아닐까.

정말 오랜만에 조우한 세 사람이었으나 은철의 냉소적 표정은 연숙과 정팔을 너무나 어색하게 만들기에 부족함이 없었다. 딱히 떠오르는 말이 없을 정도였다. "그동안 어떻게 지냈니? 그리고 여긴 왜 들어온 거야?"

은철은 여전히 입을 닫은 채 연숙과 정팔의 시선을 떠나 엉뚱한 곳만 응시하였다. 둘은 속이 오랜 가뭄의 논처럼 바짝바짝 타들어 갔다.

은철이 여전히 입을 닫고 말 한마디조차 안 하려는 와중에도 소중한 시간은 자꾸만 흘러갔다. 애간장이 녹는 듯한 처참한 기분에 빠진 정팔이 버럭 고함을 질렀다.

"야, 인마~ 멀리서 네 아버지와 엄마까지 너를 면회하려고 찾아왔거늘 이렇게 마치 꿔다놓은 보릿자루처럼 아무런 말도 안 하는 이유가 대체 뭐냐? 제발 무슨 말이라도 좀 해 봐! 곧 면회 시간이 끝난다고."

그제야 입술을 바르르 떨면서 은철이 입을 열렸다.

"내가 과연 두 분의 아들 맞습니까?"

두 사람은 은철의 말을 이해할 수 없었다.

"그게 무슨 말이냐?"

"나는 오래전부터 솔직히 은숙이와 크게 차별 대우를 받았습니다. 그 바람에 은숙이는 미국으로 유학까지 갔다지만 나는 이렇게 전과자가 되어 지금 여기에 있는 겁니다. 더 이상 말하고 싶지 않으니 어서 가세요. 그리고 다시는 면회 오지 마세요! 나는 이제 하루하루 사는 것조차 지긋지긋하니까요."

벌떡 일어난 은철은 교도관을 불렀다.

"여기 면회 끝났습니다."

은철의 모습이 사라지자 두 사람도 더 이상 거기에 있을 이유가 없었다. 연숙은 흐느끼며 면회실을 나왔다.

그날 연숙 부부와 은철이 만난 교도소 면회실은 적막강산도 모자라 서로 간의 묵은 감정과 그 앙금만을 확인한 자리에 다름 아니었다. 몇 년간의 공백이 그처럼 엄청난 괴리와 회오리바람까지 몰고 올 줄 누가 상상이나 했을까. 그럼 그동안 은철에겐 과연 무슨 일이 있었던 것일까.

은숙에게 쏠린 가족의 커다란 기대치와는 반대로 자신을 향한 시선에는 차가움만이 부유함을 깨달은 은철은 젊은 혈기와 반항심을 무기로 일탈을 일삼았다. 툭하면 싸움질이었다.

그렇게 집안에 복장거리(마음이 쓰리고 아프도록 걱정스럽거나 성가신 일)의 주인공이 되더니 급기야 고3 때 집을 나왔다. 그리곤 서울로 왔다. 그렇지만 집을 나오는 순간 고생은 파노라마처럼 전개되는 법이다. 가출 전 집에서 몰래 챙긴 돈은 아무렇게나 탕진하는 바람에 얼마 안 가 바닥이 났다. 당장 배가 고파서 견딜 재간이 없었다. 하는 수 없어 허름한 골목 등지를 배회하며 만취한 취객을 상대로 퍽치기를 시작했다. '퍽치기'는 느닷없이 달려들어 한 대 퍽 치고 돈이나 물건 따위를 빼앗는 치기배 또는 그런 일을 하는 사람을 말한다. 그렇게 해서 취객의 지갑에서 돈을 빼낸 뒤 그걸로 밥과 술을 사 먹고 여관과 여인숙 등지에서 잠을 잤다. 머리는 있어서 한 군데서만 그 짓을 했다가는 경찰에게 쫓길 게 뻔했다. 그래서 동네를 옮겨 다니며 그 짓거리를 계속했다. 여기저기서 동종의 범죄가 다발하고 있다는 신고를 받은 경찰이 은철의 뒤를 쫓기 시작했다.

결국 은철은 검거되어 쇠고랑을 찼다. 교도소로 넘겨진 은철은 교도소의 엄격한 위계질서에 아연실색했다.

수감 후 은철은 한동안 같은 방에 구금되어 있는 선배들의 신고식에서 많이 두드려 맞았다. 덕분에 비로소 '사람은 왜 죄를 지으면 안 되는 것일까?'라는 교훈을 얻었다.

사람이 죄를 지으면 안 되는 이유는 무엇일까. 범죄를 저지르면 사회적 질서가 혼란스러워진다. 또한 범죄는 개인과 타인의 안전을 위협한다. 폭력, 절도, 사기 등의 범죄는 피해자에게 신체적, 정서적, 경제적 피해를 입힐 수 있으며, 사회적 불안과 불편을 초래한다. 죄를 짓는 것은 개인의 이기와 이익을 위해 법과 윤리를 무시하는 것이다. 그래서 법은 모든 사람에게 동등한 권리와 책임을 부여하고, 공정한 사회 구축에 기여한다. 그러므로 죄를 범하게 되면 공정한 규칙을 어길 뿐 아니라 사회적 신뢰를 훼손시키는 결과를 초래한다.

범죄는 개인적인 윤리와 도덕성과도 관련이 있다. 윤리적인 행동은 공동체와 상호작용하는 데 필요한 신뢰와 존중을 기반으로 한다. 범죄를 저지르는 것은 다른 사람을 해치고 도덕적 원칙을 위반하는 것이다.

이러한 이유들로 인해 사람은 죄를 지으면 안 되는 것으로 인식되며, 법과 규칙을 준수하고 도덕적인 행동을 지향함으로써 공동체의 안전과 번영을 추구하는 것이다.

법과 규율은 사회 구성원들이 함께 지키는 계약으로서, 범죄를 방지하고 공공의 안전과 안정을 유지하는 역할을 한다. 어쨌든 이미 엎질러진 물이었다. 은철은 자포자기하는 심정으로 교도소 생활에 마지못해 적응해 나갔다. 하지만 그건 꽤 위험한 누란지위(累卵之危)를 내포하고 있었다.

16

은숙을 좋아했던 많은 남자들 사이에서 유일무이하게 당당히
애인으로 등극한 톰 에반스는 재력이 풍부하였기에 평소 돈도
펑펑 잘 썼다. 그는 의상과 시계까지 명품 일색이었다. 툭하면
은숙에게도 멋진 옷과 보석 등 고가의 장신구까지 사주기 일쑤
였다. 뜨거운 연인 사이로 발전한 둘은 대학 캠퍼스 안에서도 거
리낌 없이 키스를 나누는 등 둘의 뜨거움을 주저 없이 공개했다.
밤에는 고급클럽에도 자주 가서 술과 댄스까지 즐기는 등 그야
말로 별천지를 만끽할 수 있었다. 그날도 둘은 어떤 나이트클럽
에 갔다. 젊은 남녀들이 가득 들어차 환상적인 분위기와 술에 취
하여 흐느적거리고 있었다. 은숙도 모처럼 기분이 들떴다. 그래
서 술을 몇 잔 마신 뒤 톰 에반스와 짝을 맞춰 무대로 나가 춤을

추기 시작했다. 바뀐 격렬한 음악이 더욱 흥을 돋웠다. 둘은 세상을 다 가진 것처럼 황홀했다.

  그 순간 총격 소리가 쏟아졌다. 누군가가 난입하여 총을 난사했다. 나이트클럽은 순식간에 아수라장으로 바뀌었다. 술집을 가득 메웠던 손님들은 아비규환의 현장을 탈출하기 위해 출구를 향해 달아나기 시작했다. 그런 와중에도 총성은 그치지 않았다. 그중 한 발의 총알이 은숙의 가슴에 명중했다. 은숙은 피를 흘리며 그 자리에서 쓰러졌다.

  톰 에반스는 그녀를 품에 안고 술집 밖으로 뛰쳐나왔다. 누군가 신고를 했는지 무장한 경찰차가 달려오고 있었다. 미국은 총기 난사 사건이 끊이지 않는 나라다. 사망 원인의 대부분은 총기에 의한 자살이라지만 살인이 그 뒤를 잇는다는 것은 세계 최강의 자본주의 국가라는 미국의 또 다른 이면이자 어두운 치부이다. 미국에서 총기 사고가 빈발하는 이유는 총기 소유의 증가에서 찾을 수 있다. 미국인들은 그 어느 국가보다 많은 총을 소지하고 있다. 이는 대부분의 미국인들이 '내가 지닌 총만이 불확실한 시기에 나를 안전하게 지켜준다'는 생각과 연관이 있기 때문이다.

  미국에선 가능하지만, 외국에선 불가능한 한 가지를 꼽으라면 단연 총기에 쉽게 접근할 수 있다는 것이다. 미국은 처음 건국할 때부터 개인의 자유와 독립을 보장하기 위해 무력을 사용한 영국과의 독립전쟁을 벌였으며, 이러한 정신이 총기 소유와 연결되어 왔다.

미국인들은 총기를 소유하고 있다는 것이 자신들의 자유와 독립을 보호하기 위한 권리와 의무라고 생각하고 있다.

혼수상태로 구급차에 실려간 은숙은 병원에 입원했다.

방송에서는 외국계 이민자 사이코패스가 술집에 난입하여 무차별 가격을 하는 바람에 십수 명이 사망했다고 보도했다.

17

 연숙은 은철을 면회하고 돌아온 뒤부터 시름시름 앓았다. 자신이 정팔과 재혼한 것은 결코 나쁜 짓이 아니었다. 문제는 전처 소생의 은철을 은숙 이상으로 아끼고 사랑해야만 했었다. 그 부분에서 연숙은 자신의 미흡했음을 자인했다. 그런 부분이 누락되고 결여되었기에 결국 은철은 지금 준엄한 법의 처벌을 받고 있는 것이다.

 정팔 역시 의기소침하여 일은 안 하고 홧술만 마시는 날이 더 많았다. 그런 사이, 정팔의 노모가 타계했다. 장례를 치렀다. 하지만 상주 자리에 당연히 있어야 할 은철과 은숙은 부재했다. 더욱이 미국으로 떠난 지가 언제인데 은숙으로부터는 전화는 물론 편지 한 통조차 도착하지 않았다. 어찌어찌 장례를 마치긴 했으나 정팔 부부의 낙담과 무력감은 지역 농사에 큰 도움을 주는 근처의 소류지(沼溜地)보다 깊었다. 만사가 귀찮았다. 연숙은 만날 눈물만 나왔다.

'나는 전생에 얼마나 많은 죄를 지었길래 왜 이처럼 팔자가 기구하단 말인가?'

하긴 그럴 만도 했다. 핏덩이 자식을 버리고 가출한 죄만으로도 연숙은 이미 죄를 지었다. 그것도 엄청나게 큰 죄였다. 사람이 죄를 지으면 안 되는 것은 당연하다. 그건 비단 처벌이 따르기 때문만은 아니다. 인간은 언제나 도덕적으로 행동해야 한다. 도덕(道德)은 개인과 사회에게 올바른 행동의 원리와 가치를 제시한다.

도덕적으로 행동하는 것은 다른 사람을 존중하고 공정하게 대하는 것, 솔직하고 정직하게 행동하는 것, 약자를 돕는 것 등을 포함한다. 도덕은 사회의 구성원들이 양심, 사회적 여론, 관습 따위에 비추어 스스로 마땅히 지켜야 할 행동 준칙이나 규범의 총체를 뜻한다.

따라서 도덕적이지 않은 사회는 비극이 될 수밖에 없다. 그건 또한 어쩌면 하늘의 심판이기도 하다. 그러하기에 '하늘 그물망은 성글어도 빠뜨리는 게 없다'는 말도 있는 것이다.

연숙은 은철로 인해 연일 괴로워하면서도 유일한 버팀목인 은숙에게만큼은 기대고 있었다. 하지만 평소 일주일에 한 번은 전화로 안부를 챙기던 은숙으로부터 연락이 끊긴 지가 얼추 한 달이 되었지 싶었다. 필시 무슨 사달이 벌어졌지 불안하기 짝이 없었다. 답답한 마음으로 전전긍긍하던 차에 마침내 미국에서 연락이 왔다. 전화를 건 사람은 은숙이 미국의 어떤 병원에 입원해 있다고 했다. 까무러칠 듯 놀란 연숙은 자초지종을 물으며 종이에 메모했다. 정팔과 연숙은 서둘러 미국으로 가는 비행기에 몸을 실었다.

18

봉기는 책을 다섯 권째 내면서 비로소 인생의 황금기를 맞았다. 그것은 드디어 꿈에도 그렸던 베스트셀러 작가가 되었기 때문이다. 당연한 상식이지만 베스트셀러를 기록하면 작가는 보다 큰 인지도와 인기를 얻게 된다. 이는 작가의 위상을 높여주는 요소로 작용한다. 베스트셀러 작가로서 인정받으면 작품이 더 많은 독자들에게 알려지고 판매량이 늘어나므로 경제적으로도 이로운 결과를 가져올 수 있다. 또한, 베스트셀러는 작가의 신뢰성과 전문성을 강조해 주며, 출판사나 독자들 사이에서 작가에 대한 신뢰도를 높여준다. 따라서, 베스트셀러 작가로서의 성과는 작가의 위상과 지위를 향상시키는 역할을 하는 것이다.

봉기는 중학교조차 가지 못한 필부였다. 하지만 어느덧 다섯 권이나 책을 낸 작가가 되었고 거기에 베스트셀러까지 기록하면서 몸값이 마치 바람 가득 찬 풍선처럼 뛰어올랐다. 여기저기 방송과 언론사에서 인터뷰와 취재 요청이 폭주했다. 그야말로 즐거운 비명이었다.

고단하고 피곤했던 경비원 생활을 청산했다. 전국 여기저기로 뛰어다니며 강연까지 소화하자면 고된 경비원 생활을 더 이상 계속할 수 없었다.

경비원으로 일했던 직장을 그만두던 날, 봉기를 바라보는 동료 경비원들의 얼굴에는 부러움 반 시샘 반이 교차했다.

봉기는 이제 자타공인의 작가가 되었다. 모처럼 경제적 여유까지 누릴 수 있었다. 봉기는 이제야 비로소 자신의 이름 그대로 봉기(蜂起), 즉 벌 떼처럼 떼 지어 세차게 일어나 엄청난 부까지 거머쥐는 건 아닐까 싶어 흥분되었다. 그래서 어느 날 고급 갈비를 먹으며 봉기는 순정에게 호들갑을 떨었다.

"나 이러다가 제2의 스티븐 킹이 되는 건 아닐까 모르겠네?"

봉기의 롤 모델(role model)인 스티븐 킹은 누구인가? 1947년에 태어난 그는 봉기처럼 경비원 출신의 작가이다. 현대 미국을 대표하는 작가들 중 한 명이며 에드거 앨런 포, H.P. 러브크래프트, 레이 브래드버리 같은 장르문학 거장들의 계보를 이으면서도 순수 문학에서도 인정받는 작가다. 그래서 장르문학을 혐오하는 일부 평론가들에게도 지지를 받고 있다. 또한 그의 소설이 세계적으로 3억 5천만 부 이상 팔렸을 정도로 역사상 상업적으로 가장 성공한 작가 중 한 명이기도 하다.

스티븐 킹은 어려서부터 판타지, 호러 소설 및 영화에 심취해 소설가를 지망했다. 고등학교 때부터 소설을 즐겨 썼고 미국 청소년들에게 장학금을 제공하는 'Scholastic Art and Writing Award'라는 상도 받았다. 대학 졸업 후 고등학교 교사로 일하며 잡지에 단편 소설을 투고하며 빠듯하게 살고 있던 킹은, 첫 장편 소설 『캐리』가 대성공을 거두며 소설가로서의 인생이 펴기 시작했다. 이후 지금까지 왕성한 집필 활동을 자랑하는 작가이기도 하며 다작을 하면서도 언제나 작품의 질을 보장하는 작가이기도 하다.

새삼 그를 존경하고 떠올리며 술을 들이켜는 봉기를 보면서 순정도 맞장구를 쳤다. "나도 《쇼생크 탈출》 영화를 봤지만 스티븐 킹은 정말 글을 잘 씁디다. 그 사람을 따라간다는 것은 도저히 불가능하겠지만 그를 본받겠다는 당신의 의지만큼은 불법이 아니라고 생각해요. 그러니 더 열심히 써서 나도 좀 돈방석에 좀 앉아봅시다." "그럼 얼마나 좋을까! 그리고 보니 나는 당신한테 정말 할 말이 없어. 나랑 결혼해서 입때껏 고생만 시켰으니 말야. 아무튼 말이 난 김에 하는 말인데 당신한테 정말 미안했어…" 끝내 봉기의 눈망울에는 이슬이 맺혔다. 봉기는 순정과 살면서 굳게 결심한 게 있었다. 그건 바로 무슨 일이 있더라도

평행선

순정과 백년해로(百年偕老)하겠다는 다짐이었다.

　따지고 보면 봉기는 어머니로부터 철저히 버림받은 인생이었다. 아버지는 좌절하여 술로 인생을 망쳤다. 그러한 것들이 봉기로서는 반면교사의 교훈으로 다가왔고 작용했다.

　행복의 방정식은 뭘까? 행복의 방정식은 개인의 관점과 가치관에 따라 다양할 수 있지만, 자신의 삶에 대한 만족과 충족감을 느끼는 정도가 우선순위다. 또한 행복은 긍정적인 감정들인 기쁨, 사랑, 안정 등과 관련된다. 신체적, 정신적, 사회적 안녕과 건강 역시 행복에 영향을 미친다. 다음으로 가족, 친구, 동료와의 사회적 연결과 지지는 행복을 증진시킨다. 개인적인 성취감과 목표를 달성하는 것 역시 행복에 기여하며 자기 개발, 자아실현, 새로운 경험과 배움 또한 행복과 연관되어 있다. 사람은 누구나 늙고 병들어 죽는다. 그렇지만 부부가 되어 평생토록 잘 살다 죽는다면 그게 바로 부부의 행복일 것이다. 부부가 행복하기 위해서는 먼저 상호적인 이해와 존중이 관건이다.

　부부간에 소통 또한 매우 중요하다. 솔직하고 개방적인 대화를 통해 의견을 나누고 갈등을 해결할 수 있기 때문이다. 서로에 대한 관심과 배려 또한 두말하면 잔소리다. 서로에게 관심을 갖고 배려하는 것은 부부 관계를 향상시키는 데 크게 도움이 된다.

　부부는 함께 즐거운 활동을 하고 특별한 시간을 보내는 것도 필요하다. 서로를 위한 특별한 이벤트나 여행 등을 계획하고 혼자만의 시간을 갖는 것도 중요함은 물론이다. 인생은 항상 무언가의 숙제를 요구한다. 따라서 부부일지라도 당면한 문제를 해결하기 위해서는 융통성을 가지고 협력해야 한다. 서로의 의견을 존중하고 타협점을 찾는 것이다.

이러한 요소들을 기반으로 서로에 대한 관심과 사랑을 지속적으로 표현하며, 서로를 지지하고 이해하는 관계를 유지하는 것이 부부의 행복을 도모하는 방법이라고 봉기는 믿었고 이를 실천하고자 노력해 왔다. 그건 순정도 마찬가지였다. 그들은 비록 없이 살았지만, 마음만큼은 부자라며 자위하며 살아왔다. 그런 묵묵한 과정의 선과(善果)는 두 아이들에게서 오롯이 나타났다.

19

아들 영웅이는 국내 대학에 이어 미국의 유명대학까지 유학으로 우수하게 졸업하고 미국의 글로벌 제약회사 한국지점에 입사했다. 연봉이 높고 근무 조건도 합리적이어서 다들 부러워했다. 여기저기서 혼담이 줄을 이었다. 그중에는 현직 여자 변호사도 있었다.

영웅의 여동생 은영이도 제 오빠 못지않았다. 마찬가지로 대학원까지 마친 은영은 탄탄한 국내 서열 5위권 안에 드는 대기업에 취업했다. 둘 다 순풍만범(順風滿帆)의 쾌항으로 직진했다. 그리곤 얼마 후 영웅이가 먼저 결혼식을 올렸다.

결혼식은 서울의 특급호텔 웨딩홀에서 치렀다. 영웅의 대학 동창들부터 직장 동료들, 각계각층의 고위급 인사들이 대거 참

석하여 성황을 이뤘다. 봉기는 새삼 '직장의 위력'을 실감했다.

직장의 위력은 개인과 사회에 많은 영향을 미치며, 경제적, 사회적, 개인적인 측면에서도 다양한 이점을 제공한다. 그러므로 사람은 소위 '신의 직장'을 탐하는 것이다. 아닌 게 아니라 얼추 신의 직장에 버금가는 좋은 직장이었기에 영웅은 현직 변호사와 결혼하는 수확을 거두었다.

봉기의 며느리가 되는 조숙희 변호사의 부친, 즉 봉기의 사돈은 기업체의 대표였는데 연 매출이 1,000억을 넘는다고 알려져 알짜배기 기업이라는 소문이 파다했다. 그 말에 맞게 사돈댁의 하객은 봉기의 하객 수를 압도했다. 예식장에 하객이 없으면 그 것처럼 민망한 게 또 없는 법이다. 봉기는 가득 찬 하객을 보면서 자신의 지난날 초라했던 결혼식이 떠올랐다. 다른 건 차치하더라도 봉기에겐 혼주(婚主)인 부모님조차 없었다.

그래서 신부 측과 달리 봉기의 부모님 자리는 빈자리가 될 수밖에 없었다. 그래서 정말 부끄러웠다. 하객 또한 많지 않아서 이중으로 괴로웠다. '이생망'은 '이번 생은 망했어', '이번 생은 망했다' 등을 줄여 만든 신조어로, 20대들 사이에서 주로 쓰이는 자조적인 의미를 지닌 유행어라고 한다. 그렇다면 당시 봉기의 마음은 '이생망'을 능가하는 '내생하'였다. 즉 '내 생명은 하찮은 것'이라는 비하감이 대단했다. 이로 인해 봉기는 어려서부터 여러 차례나 극단적 선택을 한 경험도 있었던 것이다. 봉기의

평행선

아들에게 시집가는 숙희를 껴안고 눈물을 보이는 숙희의 모친을 보면서 봉기는 지난날의 결혼식 아픔이 다시금 폐부를 송곳이 찌르는 듯했다.

어쨌든 자신과는 너무도 달리 호화 결혼식을 올리는 아들을 보면서 봉기는 비로소 마음이 뿌듯했다.

상식이겠지만 자식이 잘되는 것은 부모로써 그 이상의 행복이 없다. 봉기는 자신도 모르게 흘러내리는 고마움의 눈물을 서둘러 씻어냈다. 외국으로 신혼여행을 떠난 영웅 부부는 보름 뒤 돌아왔다. 진귀한 선물을 바리바리 사 온 덕분에 순정의 입은 귀에 가서 붙었다. 그러한 모습을 지켜보던 은영은 빙그레 웃었다. 순정이 은영에게 말했다.

"너도 네 오빠처럼 멋진 남자 만나서 어서 결혼했으면 좋겠다."

은영은 자신만만했다.

"걱정하지 마세요! 저도 애인 있다고요."

"정말? 그럼 언제든 데리고 오거라!"

1년 뒤 은영이 사윗감 박철민을 데리고 왔다. 한 눈에 보기에도 믿음직스러웠다. 철민의 직업은 의사라고 했다. 둘은 결혼을 서둘렀다. 널찍한 아파트부터 장만한 두 사람은 이듬해 영웅의 결혼식에 버금가는 근사한 결혼식을 잘 치렀다. 봉기는 딸을 시집보내면서 또 울었다. 하지만 그건 기쁨의 눈물이었다.

'부디 잘 살거라! 백년해로만이 참다운 부부란다.'

봉기는 두 아이가 모두 결혼함으로써 정말 많이 부족하긴 했으되 아버지의 책임을 다했다는 생각에 비로소 홀가분했다. 사랑하는 자녀의 결혼은 부모에겐 역시 생애 가장 큰 기쁨과 함께 최고의 축제였다.

20

　은숙은 까무룩한 혼수상태에서 부모와 만났다. 정신이 혼미했지만 말할 수조차 없을 정도로 자기 자신이 부끄럽고 경멸스러웠다. 말라깽이의 초췌한 딸 모습에 연숙과 정팔은 경악했다. 아들 은철에 이어 딸마저 병원, 그것도 이역만리 미국의 병원에서 겨우 만날 수 있다는 충격적 현실에 하고자 준비했던 말조차 나오지 않았다. 연숙 부부는 자신들에게 하늘을 다 덮은 먹구름보다 더 큰 절망이 다가오고 있음을 느꼈다. 예감은 적중했다. 절망은 필연적으로 견디기 힘든 고통과 슬픔까지도 동반하고 있었다.

21

두 아이를 결혼시킨 봉기는 더욱 집필에 힘을 쏟았다. 드디어 여섯 번째 역작 『그 사람의 물둑』이 발간되었다. '물둑'은 물이 흘러 내려가지 못하고 한곳에 괴어 있도록 막아 놓는 둑을 말한다. 자신의 어려웠던 인생길을 되돌아보며 물둑처럼 갇혀 살았던 지난날을 회고하며 자전적 에세이로 풀어냈다. 이 책도 베스트셀러가 되면서 봉기는 더욱 바빠졌다.

강의료도 올라 한 시간 강의에 무려 500만 원을 받는 경우도 발생했다. 경비원 근무 당시의 얼추 석 달 치 급여를 고작 1시간 만에 버는, 그야말로 일확천금의 황금기가 도래했다.

봉기는 자신의 꿈이 이뤄졌다는 성취감에 만족했다. 봉기는 자신의 책을 펼쳐보면서 지난 세월, 그러니까 자정 무렵 술 심부름을 시키는 아버지를 피하고자 남의 집 밭과 마루 밑에 들어가 풍찬노숙했던 아픔의 시절을 새삼 곱씹었다. 풍찬노숙(風餐露宿)은 '바람을 먹고 이슬에 잠잔다'는 뜻이다. 객지에서 많은 고생을 겪음을 이르는 말이기도 하다.

그런데 봉기가 어렸던 시절에 겪은 그 풍찬노숙은 동네가 무대였다. 허구한 날 돈도 안 주면서 술을 사 오라는 아버지의 심부름은 봉기로 하여금 격한 반항의 반향으로 이어졌다. 물론 그렇다고 아버지한테 행동으로 반항한다는 건 아니었다. 밤새도록 한 말 또 하고 다시 하면서 잔소리로 아들을 괴롭히는 아버지의 주사(酒邪)는 정말 견딜 수 없는 고민의 정점이었다.

그걸 피하는 방법은 아예 집에 안 들어가는 것이었다. 추위 걱정이 없는 여름에는 남의 밭에서 잤다. 하지만 밤새 모기와 곤충들이 물어뜯는가 하면 심지어 뱀까지 나타나는 통에 무서워 잠을 잘 수 없었다. 누워서 가지고 간 신문지로 얼굴과 몸을 덮어 그들의 습격을 막는 수밖에는 딱히 방법이 없었다. 엄동설한에는 남의 집 마루 밑으로 들어갔다. 새벽 무렵 쥐와 고양이도 마루 밑으로 들어서는 모습은 공포의 절정을 이뤘다. 그런 세월이 너무도 고통스럽고 무서웠기에 이후로 봉기는 소년가장이 되면서 번 돈에서 가장 먼저 챙긴 건 숙박비였다. 그 돈을 비상금으로 만들어 두었다가 싸구려 숙박업소인 여인숙이나 하숙집에서 잤다.

먹는 것이야 아무 거나 먹어서 대충 배를 채우면 된다. 하지만 잠은 그렇지 않다. 수면이 중요한 이유와 수면의 5가지 역할이라는 것이 있다.

인간에게는 3가지의 욕구가 있다. 그중 하나가 바로 수면욕이다. 수면은 인간에게 있어서 매우 중요한 부분이지만 많은 사람이 수면의 중요성에 대해 가볍게 생각하는 경향이 없지 않다.

특히 현대인들은 일이나 학업에 치여 바쁘게 살아오면서 잠을 충분히 못 자는 사람도 많은데 잠이 부족할 경우 우리 몸에는 어떠한 증상들이 나타나게 될까?

우선 잠을 충분히 자지 않을 경우 기억력이나 집중력이 떨어진다. 이는 곧 일의 능률을 저하시키고 학생들의 경우, 학습률을 떨어지게 만드는 원인이 될 수 있다.

이 밖에도 잠을 충분히 자지 않을 경우 다양한 문제들을 불러올 수 있다. 인간은 하루 중에 3분의 1에 해당하는 시간을 잠을 잔다. 다음날 정상적인 활동을 하기 위해서 적정량의 수면은 꼭 필요하다. 꽤나 많은 비중을 차지하는 만큼 잠을 자는 것은 인간에게 있어서 매우 중요하기 때문이다.

아무튼 성인의 적정 수면시간은 7-8시간 정도인데 충분한 수면은 집중력과 기억력 향상에 도움을 준다. 또한 비만이나 당뇨를 예방하는 데도 도움을 줄 수 있다고 한다.

이 밖에도 고혈압 및 심장질환을 예방하는 것을 돕고 면역력

강화를 도와주는 만큼 적절한 수면은 중요하다고 할 수 있다. 음식을 조절하거나 운동을 해주는 것 역시 중요하지만 잠을 충분히 자주는 것만으로도 우리 몸은 어느 정도 회복이 되어 준다는 조언도 들었다. 이처럼 몸이 스스로 좋아지게끔 할 수 있는 능력을 만드는 과정이 바로 수면인데 따라서 충분한 수면은 어떠한 운동을 하거나 좋은 음식을 먹어 주는 것보다도 몸의 개운함을 느낄 수 있는 것이다.

우리의 몸은 뇌는 물론이고 눈이나 콩팥, 소화기관 모두 쉬어 줘야 하는 시간이 있어야 한다. 수면 중에 호르몬들의 항상성이 유지되기 때문에 충분한 수면은 매우 중요하다고 할 수 있는 것이다. 어려서부터 풍찬노숙으로 길들여진 때문일까 봉기는 잠을 가장 중요시하는 경향이 농후했다. 이러한 풍찬노숙은 적지 않은 기간 동안 경험한 경비원 시절에도 존재했다. 물론 경비원 시절에는 풍찬노숙의 본질적 의미처럼 한데(집채의 바깥), 즉 밖에서 잠을 잔다는 것은 아니었다.

지하 경비실의 의자에서 머리만 뒤로 제치고 부족한 잠을 청했다. 잠(수면)에도 여러 종류가 있다. '선잠'은 불안해서 깊게 들지 못하는 잠이며 '노루잠'은 자주 깨는 잠이다. '이승잠'은 병 때문에 정신을 차리지 못하고 계속해서 자는 잠이고, '개잠'은 개처럼 머리와 팔다리를 오그리고 옆으로 누워 자는 잠이다. '나비잠'

은 갓난아이가 두 팔을 머리 위로 벌리고 자는 잠이며, '등걸잠'은 옷을 입은 채 아무것도 덮지 아니하고 아무 데나 쓰러져 자는 잠이고, '말뚝잠'은 꼿꼿이 앉은 채로 자는 잠을 의미한다.

그러니까 당시 봉기는 야근 때 '선잠' + '노루잠' + '말뚝잠'의 총합(總合)인 셈을 경험했다. 그래서 퇴근 즉시 이부자리에 눕는 것처럼 편한 게 또 없었다.

"어이구 ~ 누우니까 참 좋다!"는 말이 절로 나왔다.

그런 아픔의 시절까지 극복하고 거액의 강사료를 받는 강사가 되었으니 봉기의 기쁨은 오죽했을까! 봉기가 더욱 중점을 둔 강의는 학생들을 대상으로 한 것이었다. 거기서 그는 강사로서의 보람을 더욱 확연하게 느꼈다.

강사는 자신의 전문 지식을 대중에게, 특히 학생들에게 더욱 명료하게 전달하고 영향을 미친다. 새로운 개념과 정보를 가르쳐 주는 것은 학생들의 학습과 성장에 도움을 주며, 그들의 미래에 긍정적인 영향을 미칠 수 있다.

지식과 기술을 전달하고 지도하여 학생들이 자신의 잠재력을 개발하고 성취할 수 있도록 돕기 때문이다.

학생들이 성과를 이루고 발전하는 것을 목격하는 것은 큰 보람이다.

자신의 열정과 헌신을 통해 학생들에게 영감을 주고, 더 나은 사람이 되도록 도와줌으로써 사회적인 영향력을 행사할 수 있다. 또한 강사는 학생들과 긍정적인 관계를 형성하고 동료 강사들과 협력하는 기회를 갖는다. 이를 통해 학습 환경을 조성하고 지지하는 역할을 하며, 학생들과 동료 강사들과의 교류와 협업은 보람을 더욱 느끼게 한다.

그런데 상식이겠지만 명강사가 되자면 다음 5가지의 조건을 갖춰야 한다.

첫째, 주제를 명확히 설정하라.

최고 강사들의 가장 중요한 특징 중의 하나는 그들은 명확한 주제를 갖고 이야기를 진행한다는 점이다. 우리는 종종 강의나 세미나에서 "도대체 강사가 무슨 이야기를 하는지 모르겠다"라는 말을 듣는 경우가 있다.

즉, 강의를 하는 사람이 명확한 주제 설정 없이 진행을 하거나 또는 주제를 벗어나 횡설수설하는 경우를 심심찮게 보게 된다. 경험이 풍부치 않는 사람들의 경우 2~3분 스피치나 프리젠테이션 시간에서 주제가 명확히 주어져도 그 주어진 주제와는 동떨어지게 이야기를 진행하는 분들을 심심찮게 보게 되는 이유도 바로 그렇다 할 수 있다. 그러므로, 청중들이 원하는 것이 무엇인가, 그리고, 내가 전달해야 할 내용이 무엇인가를 명확히 파악한 후 거기에 맞추어 중점적으로 이야기를 전개하여 나아가는 것이 매우 중요하다.

둘째, 예화를 활용하라.

또 다른 특징 중의 하나는 그들은 항상 자기경험이나 진행하는 이야기와 관련된 사례 등을 중심으로 생동감 있게 이야기를 전개한다는 점이다. 즉, 자기가 사업을 진행하면서 겪은 좋은 경험이나 나쁜 경험 등 실제로 겪은 사례나 또는 관련된 분야에 대한 체험 등을 중심으로 이야기를 재미있게 풀어 나간다는 것을 볼 수 있다. 커뮤니케이션 기법 중에서도 가장 효과적인 것이 바로 이 기법인데 청중들에게도 가장 이해가 쉬울 뿐만 아니라 전개 과정에서도 이야기에 대한 생동감을 전달해 줄 수 있는 가장 효과적인 방법이라 할 수 있다.

셋째, 열정으로 이야기 하라.

사람은 일상에서의 뜨거운 열정뿐만 아니라 강의에서도 매우 열정적인 모습을 보인다는 특징을 갖고 있다. 뜨거운 열정을 갖고 하는 강의는 청중들에게도 공감대 형성에 좋은 영향을 미칠 뿐만 아니라 전달하는 내용에서도 깊은 감동을 줄 수 있다는 장점을 갖고 있다.

넷째, 바디 랭귀지를 사용한다.

많은 한국 사람은 대중들 앞에서 말을 할 때 마치 로봇같이 무표정하다거나 또는 전혀 움직임 없이 강의를 전개하는 것을 많이 보게 된다. 그러나 이와는 반대로 미국이나 영국 등 서양의 경우에는 그들은 대게 온몸을 이용하여 의사전달을 하는 것을 쉽게 볼 수 있다. 과연 어느 것이 청중들에게 감명과 동기 부여를 줄 수 있는 강의인가를 생각하여 볼 필요가 있다. 여기에서 바디 랭귀지란 온몸을 활용한 커뮤니케이션을 말한다. 생동감 넘치는 얼굴표정(Facial expression)과 밝은 미소(Smile), 청중들에 대한 올바른 시선 처리(Eye Contact), 적당한 핸드 제스처(Hand Gesture), 움직임(Movement) 등 신체의 각 부분을 활용한 바디 랭귀지는 제2의 커뮤니케이션이라고 할 만큼 뛰어난 커뮤니케이션에서 매우 중요한 요소이다.

다섯째, 쇼맨십을 가지고 있다는 점이다.

그들은 마치 연단에 올라서면 자기도 모르게 신이 나 경우에 따라서는 마치 코미디나 한 편의 연극을 보여는 것처럼 청중들에게 재미와 즐거움을 선사하려고 노력한다.

물론 강의 내용과 상황에 따라서 다르겠지만 이제 강의나 세미나는 딱딱하게 하는 시대는 지났다. 뭔가 활동적이고 재미가 있어야 한다. 또한 청중들에게 뭔가의 흥미와 더불어 즐거움을 선사하는 강의가 더 우대받는 시대가 오고 있음을 인식해야 한다.

결론적으로 최고의 명강사는 태어나는 것이 아니라 만들어진다는 것이다. 명마는 명조련사에 의해서 키워진다는 말처럼 평소 부단한 노력과 연습은 기본이다.

봉기는 인터뷰를 하면서도, 강의를 할 적에도 기자와 청중에게 자신의 책 내기, 즉 본인의 저서 출간을 적극 홍보했다. 책을 내면 삶이 바뀌기 때문이었다. "과연 그럴까요?" 책을 내는 것은 많은 사람들에게 삶이 변화될 수 있는 기회를 제공한다. 여기에는 몇 가지 이유가 있다. 책을 쓰는 과정은 작가에게 자기 개발과 깨달음을 가져다 준다.

책을 쓰기 위해서는 주제에 대해 연구하고 분석하며, 자신의 생각과 경험을 조직화하고 정리해야 한다. 이 과정은 작가에게 새로운 관점을 제공하고 자기 스스로에 대한 깨달음을 부여한다. 책은 지식과 경험을 다른 사람들과 공유하는 훌륭한 수단이다. 작가는 자신의 아이디어, 전문 지식, 경험을 책으로 표현함으로써 독자들에게 가치 있는 정보와 영감을 제공하는 일꾼이다.

책을 통해 작가는 자신의 생각과 이야기를 대중에게 전달하고 영감을 주며, 사회적인 변화를 이끌어낼 수 있다. 또한 책이 인정받고 판매되는 경우, 작가는 자신의 전문성과 업적에 대한 인정을 받을 수 있다. 책 출판은 작가에게 경제적인 이익도 제공한다.

출판된 책은 판매되어 수익을 창출할 수 있으며, 작가는 판매 수익이나 저작권료 등을 통해 금전적인 보상을 받을 수 있다. 이는 작가에게 안정적인 수입원을 제공하고 삶의 질을 향상한다.

물론 책을 내는 것이 삶을 바꾸는 정도는 개인에 따라 다를 수 있다. 하지만 많은 사람들에게 새로운 기회와 영감을 제공하며, 자기 계발과 인정을 이끌어내는 가능성을 갖고 있다는 점은 분명하다. 다만 여기서 봉기가 발견한 문제는 첫 출간의 딜레마에서 벗어나야 한다는 것이었다. 첫 출간은 작가에게 매우 중요하고 동시에 딜레마를 일으킬 수 있는 시기이다.

다음은 첫 출간의 딜레마와 관련된 몇 가지 주요 요소다. 첫 출간에서 작가는 출판사와 자체 출판 사이에서 선택을 해야 할 딜레마와 마주하게 된다. 출판사는 저작권 계약, 편집, 마케팅 및 유통 등을 처리해 줄 수 있지만, 더 많은 제어권과 수익 분배에 대한 일부 제한이 있을 수 있다. 자체 출판은 작가가 출판 과정의 통제권과 수익을 보유하게 해주지만, 모든 작업을 스스로 처리해야 하는 책임이 따른다. 작가는 자신의 책을 널리 알리고 독자들에게 도달하기 위해 적절한 마케팅과 홍보를 수행해야 한다.

출판사의 지원을 받는 경우에도 작가는 자신의 역할을 수행하여 책의 홍보에 직접 참여해야 하는 것이다.

이를 통해 첫 출간이 성공적으로 독자들에게 알려지고 판매량을 높일 수 있다. 첫 출간 후 작가는 평론가, 서평가, 독자 등으로부터 다양한 평가와 비평을 받는다. 이는 긍정적인 반응일 수도 있지만, 때로는 비판과 부정적인 평가를 받을 수도 있다는 것을 명심해야 한다. 작가는 이러한 평가를 수용하고 개선의 기회로 삼을지, 아니면 자신의 비전과 목표를 유지하며 진행할지를 결정해야 한다.

또한 첫 출간은 작가에게 성공과 실패의 압박을 줄 수 있다. 작가는 이러한 압박을 이겨내고 긍정적인 결과를 얻기 위해 인내심과 투지를 가져야 한다. 결론적으로 첫 출간은 작가에게 많은 도전과 기회를 제공한다. 여기에서 가장 큰 고민은 생각처럼 책이 많이 안 팔린다는 것이다. 그래서 '내 책은 발간 즉시 베스트셀러가 될 거야!'라고 했던 상상이 그만 모래성처럼 무너져 내린다는 사실의 발견이다. 이런 경우 십중팔구 더 이상 집필과 출간에 대한 의욕은 극도로 소멸된다. 그리고 대신 그 자리를 채우는 것은 우울증이다. "시간 투자하고 돈 들여서 만든 책이 어쩜 이렇게 안 팔리냐?"는 자문자답과 실망의 결과 도출에 그만 스스로 멘붕 상태가 된다는 주장이다. 이런 경우 두 가지 부류로 나뉜다는 게 봉기의 믿음이었다. 첫째는 크게 낙망하여 다시는 책을 내지 않는 부류이며, 둘째는 봉기처럼 오기를 갖고 오뚝이처럼 성공할 때까지 계속하여 출간을 한다는 것이다. 봉기는 후자를 선택한 경우였다. 남다른 오기와 끈기가 그의 성공을 견인했다.

22

귀국한 연숙과 정팔은 곧바로 드러누웠다. 미국에서 은숙을 면회할 때 대화를 나누지는 못했다. 그렇지만 또렷이 확인할 수 있었던 건, 은숙은 오래 살지 못할 듯싶다는 사실의 발견이었다.

은철에 이어 은숙마저 총상으로 인한 심각한 건강의 악화라는 어떤 형벌을 받고 있는 것은 그 모두가 연숙이 저지른 업보라고 여겨졌다. 업보(業報)는 선악의 행업으로 말미암은 과보(果報)를 말한다. 연숙은 앓아누워 있으면서 사람이 죽은 뒤엔 마주하게 된다는 업경대(業鏡臺)를 떠올렸다.

업경대는 불교에서 지옥의 염라대왕(閻羅大王)이 가지고 있다는, 인간의 죄를 비추어 보는 거울이다. 업경 혹은 업경륜(業鏡輪)이라고도 한다. 불교에서 지옥은 염라대왕이 다스리는 곳이며 육도(六道) 중 가장 고통이 심한 곳으로, 가장 죄를 많이 지은 사람이 가는 곳이다. 사람이 죽어 지옥에 이르면 염라대왕은 업경대 앞에 죄인을 세우고 생전에 지은 죄를 모두 털어놓도록 한다. 업경대에는 그가 생전에 지은 선악의 행적이 그대로 나타나며, 염라대왕은 그 죄목을 일일이 두루마리에 적는다. 죄인의 공술이 끝났을 때 더 이상 업경대에 죄가 비추어지지 않으면 심문이 끝난다. 심문이 끝나면 두루마리를 저울에 달아 죄의 경중을 판가름하고, 그에 따라가야 할 지옥이 정해진다. 다만 지장보살은 지옥의 문 앞에서 울면서 이를 지켜보다가 죄를 변호해 주기도 한다.

그럼 또 지장보살은 누구인가? 지장보살(地藏菩薩)은 석가의 위촉을 받아, 그가 죽은 뒤 미래불인 미륵불(彌勒佛)이 출현하기까지 일체의 중생을 구제하도록 의뢰받은 보살이다. 관세음보살과 함께 가장 많이 신앙되는 보살이다. 지장보살은 지옥에서 고통받는 중생들을 구원하기 위하여 지옥에 몸소 들어가 죄지은 중생들을 교화, 구제하는 지옥 세계의 부처님으로 신앙된다.

그는 부처가 없는 시대 즉, 석가모니불은 이미 입멸하고 미래불인 미륵불은 아직 출현하지 않은 시대에 천상·인간·아수라·아귀·축생·지옥의 중생들을 교화하는 보살이다. 지장보살은 석가모니불에게 "지옥이 텅 비지 않으면 성불(成佛)을 서두르지 않겠나이다. 그리하여 일체의 중생이 모두 제도(濟度) 되면 깨달음을 이를 것입니다"라고 다짐했다고 한다.

지장보살을 본존으로 모신 전각을 지장전 · 명부전 혹은 시왕전이라 한다. 지장보살의 형상은 본래는 보살형으로 보관과 영락으로 장엄한 모습이었지만, 지장십륜경의 기록에 의해 차츰 삭발을 한 사문(沙門)의 모습으로 모셔지게 되었다. 사문형의 지장보살은 천의 대신 가사를 입고 있으며, 지옥문을 깨뜨린다는 석장인 육환장과 어둠을 밝히는 보석 구슬인 장상명주를 들고 있다고 한다.

삶의 의욕을 완전히 상실한 연숙은 식음을 전폐했다. 정팔은 그런 아내가 걱정되어 보약을 잔뜩 지어왔다. 덕분에 겨우 기운을 차렸으나 하루하루의 삶은 여전히 빠져나올 수 없는 늪과 같았다. 현재의 삶이 지옥처럼 느껴졌다.

연숙은 하루가 다르게 깡말라갔다. 그러던 어느 날 연숙이 하루는 작심하고 겨우 기운을 냈다. 남편이 없는 새를 틈타 광을 열고 들어가 농약(農藥)을 마셨다.

역겨운 냄새와 맛 탓에 몇 모금 마시기도 전에 토하곤 기절하기에 이르렀다. 죽으라는 법은 없었는지 그 참상을 마침맞게 연숙 집에서 허드렛일을 하고 있던 아낙이 발견했다.

구토 유도제를 먹이는 등 어찌어찌 응급조치를 취했지만 가뜩이나 고삭부리였던 연숙은 회초리처럼 더욱 야위어만 갔다. 농약이란 농사를 지을 때 농작물이 잡초나 해충, 세균으로부터 피해 예방하기 위해 살포하는 약품으로, 살충제와 살균제, 제초제 등이 있다. 월남전에서 악명을 떨친 바 있는 고엽제도 농약의 일종이다. 지금은 많이 사라졌지만 과거엔 농약을 마시고 스스로 목숨을 끊는 사람이 적지 않았다. 농약은 농약사, 농협 영농자재 판매점에서 쉽게 구매할 수 있다. 그런데 농약은 치명적인 독성임에도 무색무취인 경우가 있어서 대단한 주의가 필요하다. 의도적이었든 실수였든 간에 아무튼 농약을 섭취했을 경우 그 독성은 상상을 초월한다고 한다. 무서운 침투력으로 인해 위 세척을 받고 다행히 목숨을 건진다고 하더라도 이미 체내에 흡수되어 장기를 손상시킬 가능성이 매우 높기 때문이다. 후유증으로 남은 평생을 불구로 지내는 경우도 허다하다고 하니 정말 무서운 약재임에 틀림없다. 한때 농약(섭취)은 농촌지역 노인들의 자살 수단 3위까지 기록했다고 한다. 극단적 선택으로 농약까지 섭취한 연숙은 이제 그야말로 죽을 날만 기다리는 처지로 급전직하했다. 정팔은 절망했다.

23

영웅은 고생만 한 자신의 부모를 본격적으로 챙기기 시작했다. 먼저 그동안 봉기 부부가 살았던, 지은 지가 30년도 더 된 허름한 빌라를 처분하게 하고 시가 10억이 넘는 30평대 아파트를 장만해드렸다. 이는 아내 조숙희와 상의 끝에 내린 결단이었다. 그렇지만 순정은 마음이 편치 않았다. 그만큼 순정은 자존심이 센 여자였다. 봉기가 그렇게 어려워서 자신도 나서서 맞벌이를 했을 적에도 한 번도 어렵다는 소리는 입 밖에 내지 않았다.

불편한 엄마의 마음을 읽은 영웅은 하루 날을 잡아 숙희를 데리고 집에 왔다.

"아이고~ 우리 며느리 왔구나!"

유능한 변호사로 돈을 잘 버는 숙희는 성격도 좋았다.

"어머니, 아파트가 참 멋지네요. 사시는 데 뭐 불편한 점은 없으시고요?"

"그럼! 네 덕분에 늘그막에 내가 호강하는구나. 정말 고맙다!"

영웅은 두 사람의 대화에서 효자 노릇을 했다는 만족감을 크게 느낄 수 있었다.

"그런데 아버지는 어디 가셨나요?"

"응, 강의하느라 대구에 갔어. 올 시간이 얼추 됐는데 전화해 볼까?"

"네, 그러세요. 맛있는 저녁을 같이 먹은 뒤 우린 바빠서 서둘러 올라가야 해요."

그런데 세상에 비밀은 없었다. 제 오빠가 부모님께 거액의 아파트를 장만해 줬다는 소식에 은영이 역시 가만있지 않았다. 통장으로 1억 원의 현금을 보내왔던 것이다. 그처럼 효도를 경쟁적으로 하는 자식을 뒀다는 사실은 순정을 감격시켰다. 이젠 정말 고생 끝 행복 시작이지 싶었다. 인생은 여러 어려움과 고통으로 가득한 여정이지만, 그것들을 극복하고 성취를 이루는 과정을 통해 더 큰 행복과 만족을 얻을 수 있다. 고난과 어려움을 겪으면서 더욱 강해지고 성장할 수 있기 때문이다.

귀가한 봉기는 아들 내외가 대접한 진수성찬을 먹으며 말할 수 없는 진한 행복감을 누렸다.

봉기 부부의 행복은 계속되었다. 아들과 딸은 마치 경쟁이라도 하듯 손자와 손녀를 선물했다. 순정은 그 어려운 가운데서도 참 많이 부족하나마 오로지 남편 하나만 믿고 내조를 다 해 온 결과, 유종의 미를 거두었다는 사실에 감격했다. 그러면서 조강지처(糟糠之妻)의 위치를 새삼 확인했다. 조강지처는 곤궁(困窮)할 때부터 간고(艱苦)를 함께 겪은 본처(本妻)를 흔히 일컫는 말이다. 유래를 보면 더 흥미롭다. 송홍(宋弘)은 후한(後漢)의 광무제(光武帝)를 섬겨, 건무(建武) 2년에는 대사공(大司空)에 임명되었다. 그는 온후하고 강직한 사람이었다. 어느 날 광무제는 미망인(未亡人)이 된 누님 호양(湖陽) 공주(公主)가 신하(臣下) 중 누구를 마음에 두고 있는지 그 의중을 떠보았다. 그랬더니 호양 공주는 송홍을 칭찬했다. "송공의 위엄 있는 자태와 덕행과 재능을 따를 만한 신하가 없습니다." 그러자 광무제는 "알았습니다. 어떻게든 조처해 보겠습니다."라고 약속했다. 그 후 광무제는 병풍 뒤에 호양 공주를 앉혀 놓고, 송홍과 이런저런 이야기를 나누었다. 광무제가 송홍에게 물었다. "속담에 귀해지면 사귐을 바꾸고, 부자(富者)가 되면 아내를 바꾼다고 하는데 그것이 인지상정(人之常情)이겠지?" 그러자 송홍은 지체 없이 말했다. "아닙니다. 신은 가난하고 비천(卑賤)한 때에 사귄 벗은 잊으면 안 되고 지게미와 쌀겨를 먹으며 고생한 아내는 집에서 쫓아내면 안 된다고 들었습니다."이 말을 들은 광무제와 호양 공주는 크게 실망했다.

하지만 여기서 조강지처의 무게와 위엄까지 느낄 수 있었음은 물론이었으리라. 순정은 하루가 다르게 성장하는 손주를 보는 재미까지 더해져 하루하루가 마치 극락처럼 느껴졌다.

평행선

24

교도소에서 툭하면 말썽을 부린 은철은 독방에 수감되기 일쑤였다. 교도소에서 독방에 수감되는 경우에는 죄수가 다른 죄수들과 분리되어 혼자서 감금되는 상황을 의미한다. 독방은 일반적으로 보안, 규율. 훈육, 자기 안전 등의 이유로 사용된다. 독방은 죄수들의 행동을 제한하고 교도소의 안전을 유지하기 위한 조치이다. 독방에 수감된 죄수는 일정한 시간 동안 혼자 있게 되며, 이는 사회적 접촉의 부족, 감각적 고립, 심리적 스트레스를 유발할 수 있다. 이러한 상황은 죄수들의 정신적 건강에 부정적인 영향을 준다. 아니나 다를까… 어느 날 급기야 은철은 독방에서 콘크리트 벽을 들이받고 현장에서 절명(絶命)하기에 이르렀다.

은철의 시신을 넘겨받은 연숙과 정팔은 거의 미치기 직전이었다. 어찌어찌 화장을 하고 장례를 치렀다곤 하지만 연숙은 몇 번이나 정신줄을 놓기 일쑤였다. 동네 사람들이 수군거렸다. "은철 에미는 천벌을 받은 겨." 그 소리가 유독 연숙의 귀를 비수 이상의 아픔으로 찔러댔다. '맞아! 나는 지금 천벌을 받고 있는 거야.' 장례를 치른 연숙은 미국 병원의 은숙을 떠올렸다.

25

건강의 회복을 일각여삼추(一刻如三秋)로 원했던 바와는 사뭇 달리 하루하루의 고통이 너무도 깊었던 은숙은 회복하지 못하고 결국 병원에서 눈을 감았다. 은철에 이어 은숙마저 부모보다 자식이 먼저 죽는 불효는 말 그대로 참척(慘慽)이었다. 참척은 자손이 부모나 조부모보다 먼저 죽는 일이다. 인생에서 무엇보다 손꼽히는 참혹한 비극이 아닐 수 없다.

사람마다 다르지만 대개는 자녀가 죽을 때를 가장 슬프게 여긴다. 오죽했으면 "아내 잃은 남편은 홀아비, 남편 잃은 아내는 과부, 부모 잃은 자식은 고아라고 하지만, 자식 잃은 부모를 일컫는 단어는 없다."라는 말까지 있을까. 많은 사람들이 '참척을 당하면 부모들은 자손들 장례를 지낼 때 묘지를 만들지 못하고 수장, 화장, 빙장 등의 자연장만 가능하며 묘지를 만들 수 없다'고 잘못 알고들 있지만, 실제 법적으로는 매장도 가능하다. 이는 유교식 관습이 와전된 것이기 때문이라고 한다. 유교에서 자식이 부모보다 먼저 죽는 것은 그 자체만으로도 엄청난 불효로 여겼고, 자식의 장례를 간소하게 지내는 편이었다.

　이것이 자손의 장례는 제대로 묘지를 만들지 않는다는 것으로 와전된 것이다. 현재는 의학 기술의 발달로 인간 수명이 늘어나면서 자연사인데도 부모보다 자식이 먼저 죽는 일이 늘고 있다. 또한 평소 건강 관리에 따라 자식이 천수를 누리고 노환으로 죽더라도 부모보다 먼저 죽는 일이 간혹 있다. 물론 이미 자식이 천수를 누릴 대로 누린 탓에 좀 덜하겠지만 이래도 자식 잃은 부모의 마음은 무너진다. 당연한 얘기지만 아직 한창 팔팔한, 어린아이와 청년 나이에 요절한 고인의 장례식장 분위기는 차마 말로 표현할 방법이 없을 정도로 분위기가 끔찍하게 가라앉는다.

　어쨌든 연숙은 얼마 뒤 다시금 은숙의 장례를 치러야 했다. '하늘은 대체 얼마만큼의 형벌을 나에게 요구하는 것일까…' 연숙은 오랜 가뭄에 시달려 바닥을 드러낸 지 오래인 저수지처럼 이제는 눈물조차 나오지 않았다. 연숙은 자신이 그토록 믿었던 은숙마저 자신보다 먼저 저승을 떠난 불효를 떠올리며 거듭 자신의 잘못을 하느님께 빌었다.

정신이 하나도 없이 어찌어찌 장례를 마친 뒤 파김치가 되어 잠시 눈을 붙인 연숙은 다시금 흉몽을 꿨다. 여전히 핏덩이인 봉기가 자신의 배를 마구 걷어찼다. 그리곤 이런 말을 했다. "엄마는 자신이 뿌린 재앙의 씨앗 때문에 이런 벌을 받는 거야." 놀라서 벌떡 일어난 연숙은 맞다며 자신의 머리칼을 움켜쥐고 마구 흔들었다. 천장에 달린 전등불은 좌우로 흔들리면서 연숙의 현기증을 가중시켰다.

몇 달 뒤 정팔은 조상 대대로 살아왔던 고향을 등졌다. 고향에서는 부끄러워서 더 이상 얼굴을 들고 살 수 없었다. 집과 전답(田畓)까지 모조리 서둘러 헐값에 처분하고 야반도주하듯 타향으로 향했다. 멀리서 개들이 짖는 소리만이 요란했다. 정팔은 연숙의 휴양을 위해서 바다를 낀 도시로 이주했다. 바다가 환자에게 주는 긍정적 영향은 많다. 바다의 파도 소리와 해안 경치는 마음을 진정시켜 스트레스를 완화시킨다. 이는 환자의 심리적 안정감과 평온을 촉진하기 때문이다. 바다는 자연적인 치유 요소도 가지고 있다. 해수에는 미네랄과 소금이 풍부하며, 해안가의 공기는 신선하고 산소가 풍부하다. 이러한 자연적인 환경은 환자의 면역 시스템을 강화하고 회복력을 향상한다. 바다에서 걷거나 수영하는 등의 활동은 환자의 운동량을 증가시키고 근육을 강화한다.

이는 신체적인 건강을 향상시키고 회복 속도를 높일 수 있다.

바다는 자연과의 연결을 느낄 수 있는 장소이다. 자연 속에서 시간을 보내는 것은 환자의 마음을 안정시키고 긍정적인 감정을 유발할 수 있으며 이는 회복 과정에서도 중요한 역할을 한다. 이뿐만 아니다. 바다에서의 여유로운 시간은 환자에게 기쁨과 휴식을 제공한다. 햇빛을 받으며 해변을 산책하거나 파도를 관찰하는 등의 간단한 활동은 즐거움을 주고, 마음을 쉬게 해준다.

이러한 이유로 바다는 환자에게 긍정적인 영향을 줄 수 있으며, 회복과 웰빙을 촉진하는 데도 도움을 줄 수 있다. 둘이 이주한 도시의 주택은 바다가 한눈에 보이는 높은 언덕에 위치한 집이었다. 그 집은 아름다운 전망을 제공하며 시각적 즐거움까지 선사했다.

언제나 씩씩한 파도, 넓은 바다 풍경, 해안선과 구름의 조합 등이 환상적인 광경을 만들어 냈다. 또한 높은 언덕은 자연과의 더 가까운 연결을 제공했다. 신선한 공기, 자연의 소리와 향기, 푸른 바다와 푸른 하늘과의 조화는 사람들이 일상의 스트레스와 혼란에서 벗어나 자연적인 조화를 느낄 수 있도록 돕고 있었다.

자연 속에서 고요한 시간을 보내면 마음과 몸이 휴식을 취하고 스트레스를 푸는 데도 도움이 되리라 믿었다. 이는 신체적, 정신적으로 회복을 돕고 안정감을 느끼게 해주기 때문이다. 그렇지만 이러한 정팔의 생각은 본인만의 착각이었다. 은숙까지 잃어 더 이상 믿을 구석이 없는 연숙은 더욱 깊은 고통과 죽음의 협곡으로 내몰리고 있었다.

26

영웅은 치열하게 노력한 결과, 드디어 미국의 글로벌 제약회사 한국지점장으로 승진했다. 그 즈음 영웅은 심각한 고민과 맞닥뜨리게 된다. 기존의 자리만 고수한다면 높은 연봉과 안락한 생활은 정년 때까지 보장된다. 하지만 그건 영웅의 체질상 몸에 맞지 않는 옷을 입는 것과 마찬가지였다. 이제는 더 큰 물에서 놀아보자는 생각이 그의 뇌리를 관통했다. 그건 스스로 제약회사를 만들자는 것에 방점이 찍혔다. 그래서 자신이 현재 몸담고 있는 직장의 매출 이상을 올리는 글로벌 회사를 만들어 조국인 대한민국은 물론이요 전 세계적으로도 명성과 더불어 인간의 생명 연장과 장수의 또 다른 매출을 동시에 올리는 쌍끌이 회사를 창업하자는 실로 원대한 계획이었다. 오래 전부터 이러한 계획을 가지고 있던 영웅은 회사 내의 연구소 인재를 두루 만나 자신의 원대한 플랜을 설명했다.

그리곤 십여 명의 탁월한 인재들을 규합하여 숙의 끝에 십시일반의 성격으로 창업 자금을 조달했다. 사직서를 내고 동분서주한 끝에 영웅은 마침내 더영롱(the young long)이라는 제약회사를 설립했다. 한계가 있는 기존의 복제약은 결단코 배제하고 오로지 신약으로 승부하겠다는 것이 더영롱의 경영주 영웅의 야심이었다. 영웅의 소신과 결단에 의한 결과는 속속 나타났다. 더영롱에서 개발하여 출시한 파킨슨병, 에이즈, 당뇨병, 췌장암, 탈모, 비염, 치매, 아토피 고혈압 치료제 등은 치료 효과가 탁월하다는 소문이 일면서 매출이 급상승을 보이기 시작했다.

더영롱은 한국은 물론 미국과 유럽, 아시아를 넘어 남미 등지에도 현지 공장을 설립하는 방식으로 급격하게 사세를 불려나갔다. 세계 언론에서도 경이적인 사건이라며 대서특필에 인색함이 없었다. 영웅은 이름 그대로 세계적 거부의 영웅으로 하루가 다르게 욱일승천하였다. 명성과 수입까지 급증하자 영웅은 기업의 이윤을 사회에 환원하고자 장학 재단을 설립했다. 전직 장관을 이사장으로 초빙하여 전국 네트워크를 구축하고 파격적이고 통큰 기부를 시작했다. 그러자 기업들은 물론 정부에서도 지대한 관심을 갖고 지켜보았다.

부창부수라고 했던가. 숙희 역시 법무법인 대표가 되면서 수입과 후견인까지 대폭 확장했다. 모든 면에서 프로였던 숙희는 정말 다른 부분에서도 프로였다. 영웅은 '내가 정말 결혼을 잘했다!'는 생각에 그녀를 볼 적마다 흐뭇했다. 결혼은 개인의 삶에 큰 영향을 미치는 중요한 선택이며, 다음과 같은 이유들로 결혼을 잘한 것으로 생각할 수 있다. 먼저 결혼은 서로를 지지하고 사랑하는 관계를 형성하는 것이다. 파트너가 나를 이해하고 응원해 주며, 서로를 위로하며 격려하는 관계를 갖출 수 있다면 결혼을 잘 한 것이다. 결혼은 상호적인 성장과 발전을 위한 플랫폼을 제공한다. 서로의 가치와 목표를 공유하고 함께 성장하며, 서로를 도와주고 격려해 주는 관계에서 상호적인 성장을 이룰 수 있다면 이 또한 결혼을 잘한 축에 든다. 결혼은 행복하고 안정적인 가정 환경을 조성하는 것이다. 서로를 이해하고 존중하며, 의사소통과 타협을 통해 갈등을 해결하는 관계에서 행복한 가정 환경을 형성할 수 있다면 결혼을 정말 잘한 것이라고 할 수 있다. 또한 결혼은 공동의 목표를 위해 함께 노력하는 것이다. 서로의 꿈과 목표를 공유하고 협력하여 이루는 관계에서 공동의 목표를 달성할 수 있다면 금상첨화가 된다. 결혼은 지속적인 사랑과 애정을 유지하는 것이므로 서로에게 마음을 열어주고 관심을 가지며, 사랑과 애정을 표현하고·나눌 수 있다면 더욱 좋다. 결혼은 행복과 만족을 위한 여정이며, 많은 요소들이 결합하여 그 결과를 만들어 낸다. 그래서 자신의 결혼 생활을 긍정적으로 평가하고, 계속해서 서로를 위해 노력하며 사랑을 나누는 것이 참으로 중요하다.

반면 부부간에 사랑이 없다는 것은 비극이다. 부부 사이에 감정적인 연결이 떨어져 있거나 소통이 원활하지 않을 때 사랑의 부재를 느낄 수 있다. 상호 간에 이해, 관심, 지지, 애정을 나누는 것이 부족한 경우이다. 부부간에 우정과 친밀함이 부족한 경우에도 사랑의 부재를 느낄 수 있다. 서로에 대한 관심과 존중, 공유하는 취미나 관심사 등을 통해 깊은 우정과 친밀함을 형성하는 것이 중요하다. 부부 사이에 신뢰와 존중이 부족한 경우에도 사랑의 부재를 느낄 수 있다. 상호 간의 신뢰와 존중을 바탕으로 건강한 관계를 유지하며, 서로를 이해하고 받아들이는 것이 중요함은 물론이다. 부부가 서로에게 관심을 보이고 배려하는 행동이 부족한 경우에도 사랑의 부재를 느낄 수 있다. 상호 간에 관심과 배려를 나누며, 서로를 위한 시간과 노력을 투자하는 것이 꼭 필요한 까닭이다. 그러니까 부부에 있어서 사랑의 부재는 문제의 신호일 수 있으며, 따라서 이를 인식하고 대화와 노력을 통해 관계를 개선할 수 있도록 노력하는 것이 필요하다. 부부는 사랑과 관심을 되새기고 서로를 이해하며 배려하는 노력을 통해 사랑과 결합을 회복할 수 있기 때문이다.

영웅 부부는 금실까지 좋으니 아이들, 즉 봉기의 손주도 튼실

하게 잘 자랐다. 가화만사성(家和萬事成)은 정말 소중한 것임을
영웅은 거듭 깨달았다.

27

봉기는 연일 바빴다. 그런 와중에 또 다른 낭보가 찾아왔다. KBF TV에서 5부작으로 만들고 있는 〈사람 극장〉이라는 인기 프로그램에 출연해 달라는 제의였다.

"5부작이면 얼마 동안 녹화를 해야 하나요?"

작가는 약 20일 이상 소요된다고 했다. 가뜩이나 바빠 죽겠는데 한 달 가까이나 방송을 찍는다? 봉기는 정중하게 사양했다. 그러나 작가의 요청은 집요했다. 방송은 대부분 웃기냐, 울리느냐의 두 가지 콘셉트로 제작된다. 웃김과 감동을 주는 콘셉트는 방송 프로그램의 중요한 요소 중 하나이기 때문이다. 웃기는 콘셉트의 프로그램은 사람들에게 웃음과 유쾌한 시간을 제공하며, 유쾌한 분위기를 조성한다. 반면에 울리는 콘셉트의 프로그램은 감정적인 이야기나 인간의 이야기를 다루어 사람들에게 공감과 감동을 전달한다. 이렇게 다양한 콘셉트를 가진 방송 프로그램들은 시청자들에게 다양한 감정과 경험을 선사하기 때문이다. 결국 봉기는 승낙했다. 그의 이야기가 전국에 방송되면서 봉기의 주가는 더욱 상승했다. 방송은 많은 사람들에게 노출되는 기회를 제공하며, 특히 인기 있는 프로그램에 출연한다면 큰 주목을 받을 수 있다. 방송을 타면 때로는 유명인이 된다. 방송에 출연하면 일부 사람은 그로 인해 팔자를 고치는 경우도 있다.

그러나 방송에 출연한다고 해서 모든 사람이 유명해지는 것은 아니다. 유명해지기 위해서는 개인의 노력, 재능, 매력, 그리고 시간과 노력이 필요하다. 방송은 유명세를 얻는 하나의 경로일 뿐이다. 어쨌든 봉기는 이제 방송까지 접수한 유명 인사(有名人士)가 되었다. 스스로 생각해 봐도 어리둥절했다. 아울러 세상은 참 요지경이라는 생각에 웃음이 피어났다. 어쨌든 무지렁이였던 자신이 누군가의 희망, 그것도 사회적 약자와 그늘에 있는 사람들에게도 가능성의 끈을 던질 수 있었다는 생각에 봉기는 마음이 만석꾼처럼 넉넉하고 낭창낭창했다.

28

공기 좋고 풍경도 멋진 바다로 이사를 왔지만, 연숙의 병은 더욱 깊어만 갔다. 가뜩이나 약골이었는데 농약까지 마셨으니 오죽하였으랴. 연숙은 아이들의 참척(慘慽)을 당할 때부터 이 세상을 살고 싶은 마음이 연기처럼 사라졌다.

답답해진 정팔은 자신의 부덕이라며 교회에 열심히 나가기 시작했다. 정팔이 아무리 간절하게 기도했음에도 연숙은 더욱 시름시름 앓기만 했다. '과연 하느님은 내 기도를 듣기나 하실까?'라는 의구심이 파도로 밀려왔다.

백약이 무효인 연숙의 지병은 더욱 심각한 국면으로 접어들고 있었다. 꿈을 꾸면 하늘에서 저승사자가 까만 도포 자락을 휘날리며 망건을 쓰고 내려오는 모습이 자꾸만 보였다. 연숙은 자신

평행선

의 생명이 얼마 남지 않았음을 느꼈다. 연숙은 가까스로 일어나 정팔에게 말했다.

"여보, 암만해도 나는 곧 죽을 것만 같아요."

"그게 무슨 소리요? 아무리 할 말 못 할 말이 있다곤 하지만 그런 소리는 다시는 하지 마시오!"

정팔은 지극정성으로 아내의 병구완에 힘쓰고 있는 자신을 인정하고 격려하기는커녕 생에 의지조차 없는 아내가 야속했다.

"그래서 하는 말인데 죄송하지만 내가 먼저 가더라도 당신은 꼭 건강한 여자랑 재혼하세요."

"그런 쓸데없는 말이 어디 있소? 내 사랑은 오로지 당신뿐이오. 제발 그런 나약한 소리는 그만하고 얼른 벌떡 일어나시오. 그래서 저기 보이는 바닷가로 나가 우리도 조개도 줍고 밀려오는 파도에 발도 적셔봅시다."

마치 촛불이 꺼지듯 자신의 수명이 얼마 남지 않았음을 인지한 연숙은 말소리에 힘을 보탰다.

"여보, 이런 소리를 하는 나를 어찌 생각할지 모르겠지만 내가 죽거든 당신의 재산 중에서 다만 얼마라도 떼어서 부모가 없는 아이들을 돌봐주는 보육원에 기부 좀 해주셨으면 좋겠어요."

"…!"

급기야 눈물까지 철철 흘리는 아내의 모습에서 정팔은 그녀의 진정성을 느꼈다. 예부터 부부는 일심동체라고 했다. 부부는 일심동체가 되는 것이 가정의 안정과 행복을 위해 중요한 원칙이다. 일심동체란 서로를 이해하고 지지하는 관계를 말하며, 상호 이해와 공감이라는 요소를 포함한다.

부부는 서로의 감정과 필요를 이해하고 공감하는 능력을 가지는 것이 중요하다. 상대방의 관점을 이해하고 문제나 어려움에 대해 공감할 수 있어야 한다. 부부는 서로의 성장과 발전을 지원하고 격려해야 한다. 서로의 꿈과 목표를 존중하고 함께 성장하며 발전하는 관계를 형성하는 것이 중요하다. 부부는 열린 의사소통을 통해 서로의 생각과 감정을 솔직하게 표현해야 한다. 문제가 생기면 함께 대화하고 해결책을 찾는 것이 중요함은 물론이다. 부부는 서로 협력하여 공동 목표를 설정하고 이루어 가야 한다. 가정의 목표와 가치를 공유하고, 함께 협력하여 그 목표를 달성하는 데 힘을 합쳐야 하는 것이다. 부부는 서로에 대한 배려와 존중을 지키는 것도 중요하다. 서로의 공간과 개인적인 필요를 존중하고, 상대방을 위해 배려하는 자세를 가져야 한다.

그래서 일심동체는 부부가 함께 어려움을 극복하고, 행복하고 안정적인 가정을 형성하는 데 큰 도움이 되는 것이 기본이자 원칙이다.

연숙의 순수성을 간파한 정팔은 고개를 끄덕였다.

"당신의 말대로 꼭 그리하겠소. 하지만 한 가지 조건이 있소!"

"그게 뭔데요?"

"당신이 어서 툭툭 털고 일어나는 즉시 실천하겠다는 거요."

연숙은 병색이 짙은 가운데서도 희미하게 웃었다. 정팔은 거기서 아주 조금이나마 희망을 발견할 수 있었다. 병색이 짙은 가운데에서도 희미하게 웃는 것은 어떤 어려움이나 고통 속에서도 소소한 기쁨이나 희망을 발견하는 표현일 수 있다. 이러한 행동은 내면의 강함과 긍정적인 마인드를 나타낼 수 있어 고무적이다. 병색이 짙다는 것은 주변 환경이 매우 어두운 상황이거나 어려움에 직면하고 있음을 의미한다. 그럼에도 불구하고 희미하게 웃는 것은 내면의 힘과 낙관주의를 나타낸다. 이것은 어려움에 빠지지 않고 긍정적인 면을 찾으려는 자세와 내면의 강인함을 보여줄 수 있다. 또한 희미한 웃음은 간소한 기쁨이나 소소한 위로를 나타낼 수도 있다. 이는 어려운 상황에서도 희망을 잃지 않고, 삶의 긍정적인 면을 찾으려는 의지를 보여줄 수 있기 때문이다. 이러한 웃음은 어려움에 대항하며, 힘을 내어 힘든 시기를 극복하려는 상징적인 행동일 수도 있다. 이러한 자세는 어려움을 극복하고, 삶의 긍정적인 변화를 이끌어내는 데도 도움이 될 수 있다. 정팔은 정말 오랜만에 웃는 연숙이 너무나 고마워서 꼭 껴안아 주었다. 그런데 이상하게 자꾸만 눈물이 났다. 그 눈물은 연숙을 향한 동정이자 불변한 사랑의 증표였다. 불현듯 연숙이 죽으면 자신도 따라서 자살하겠다는 결심이 파도처럼 일렁거렸다. 연숙은 자신을 여전히 사랑하고 있는 정팔 덕분에 그날은 불면을 떠나 모처럼 숙면을 취할 수 있을 듯싶었다.

경험해 본 사람은 잘 아는 상식이 하나 있다. 잠을 못 자면 별별 생각이 다 난다. 특히 건강이 안 좋은 때의 불면증은 심각하다. 잠이 오지 않을 때의 불안감이나, 겨우 잤는데 얼마 못 자고 깼을 때의 초조감은 겪어본 사람만 아는 또 다른 고통이다. 숙면을 제대로 취하지 못하면 더욱 피곤하고 주의력이 떨어진다. 기억력도 저하돼 인지기능 장애까지 발생한다. 밥맛이 없고 변비까지 나타난다. 오죽했으면 어떤 교수는 '만성 수면 부족은 서서히 진행되는 자기 안락사'라고까지 했을까.

그런데 어렵사리 잠을 청한 연숙은 정작 꿈에서 이번엔 은숙이가 등장했다. 은숙은 울부짖으며 구천을 헤매고 있었다.

"엄마~ 나 좀 살려줘!"

그 어떤 동물도 자신의 새끼가 위험에 처하면 보호하고자 최선을 다한다. 그건 바로 동물의 본능이기 때문이다. 많은 동물들은 새끼가 위험에 처하면 자신을 희생하거나 적극적으로 위험에 맞서 싸우는 행동을 한다. 이는 생존에 대한 본능적인 반응으로서, 자신의 유전자를 유지하고 새끼를 보호하는 것이 종의 생존에 이바지하기 때문이다. 예를 들어, 사자는 어린 사자가 위험에 처하면 어미 사자는 공격적인 태도를 취하여 위험을 제거하려고 한다. 또한, 새끼를 위협하는 동물이 나타나면 어미 코끼리는 적극적으로 새끼를 보호하기 위해 방어적인 행동을 한다. 이러한 행동은 동물들이 자신의 새끼를 위험에서 보호하고 생존을 도모하는 데 도움이 된다. 동물들의 이러한 행동은 생명 유지와 번식에 관련된 본능적인 특성이며, 자연 선택에 의해 형성된 것이다. 동물들은 자신의 새끼를 보호하고 유지함으로써 종의 번식과 생존에 기여할 수 있기 때문이다.

흰 저고리에 산발(散髮)을 한 채 구천을 헤매는 딸의 모습은 다시금 연숙을 절망의 지옥으로 빠뜨렸다.

연숙은 소리를 지르며 자리에서 벌떡 일어났다. 옆에서 잠들었던 정팔도 깜짝 놀라며 서둘러 안방의 전등을 환하게 켰다. 창백하게 바뀐 연숙의 얼굴이 그로테스크(grotesque)했다. 정팔은 마음속으로 '오, 주여!'를 거듭 외쳤다.

연숙이 다시금 꿈에서 은숙이를 만나던 날, 그러니까 울부짖으며 구천을 헤매던 은숙을 보곤 경악하여 잠에서 깬 지 얼마 지나지 않은 며칠 뒤, 연숙은 끝내 영면에 들었다. 연숙은 그러나 예상과는 사뭇 달리 아주 평온한 표정이었다. 아마도 그토록 자신이 바랐던 이승에서의 봉기 엄마 자격 상실이라는 허무감까지를 모두 아우르며 떠나고자 마음먹었던 바의 실천이라는 어떤 대의(大義)를 순순히 따랐기 때문이 아니었을까. 정팔은 대성통

곡했지만 하는 수 없었다. 장례를 치른 뒤 정팔은 연숙의 유언을 기꺼이 따랐다. 여러 곳의 보육원을 찾아 거금을 분배하여 쾌척했다. 원장이 성명을 물었으나 그는 달아나듯 그곳을 빠져나왔다. 그 뒤 그는 어디론가 홀연히 사라졌다.

평행선

29

 결혼 45주년을 맞은 봉기 부부에게 아들과 딸이 해운대 특급 호텔을 예약했다며 여행을 권했다. 덕분에 KTX에 올랐다. 기차를 타고 떠나는 여행은 누구나의 로망이다. 기차는 평행선을 달린다. 나란히 놓여 있는 철길은 만날 길이 없다. 늘 같은 간격으로 나란히 놓여 있을 뿐이다. 평행선 철길이 하나라도 어긋나면 기차는 달리지 못한다. 큰 사고가 날 수 있다.

 평행선은 끝내 만나지 못하는데 기차는 이 때문에 안전하고 쾌적한 승객 운송을 할 수 있다. 기차 안전과 승객 편의를 위해 평행선 철길은 오늘도 그리워할 뿐 일정한 거리에서 서로를 나란히 쳐다볼 뿐이다. 평행선의 어떤 아이러니라 할 수 있다. 평행선의 아이러니란, 수학적으로는 두 개의 평행선이 평행하지만 동시에 서로 교차하는 모순된 상황을 의미한다. 평행선은 절대로 교차하지 않아야 한다는 기본 원칙에 따라 서로 만나지 않는 것이 정의되어 있기 때문에, 이런 상황은 말 그대로 모순을 야기한다.

출발한 지 얼마 되지도 않은 듯싶었는데 KTX는 어느새 동대구역을 지나고 있었다.

"정말 빠르네!" 더 지나서 KTX는 신경주역에 가까워지고 있었다. 순정이 말했다. "나도 옛날 학교에 다닐 적에는 수학여행을 여기 경주로 왔었는데… 그러고 보니 그때 집에서 가져왔던, 엄마가 삶은 계란이 먹고 싶네. 사이다랑 먹으면 더 꿀맛이었는데." 예전 경주의 또 다른 이름은 '대한민국 수학여행 1번지'였다. 그만큼 전국 각지에서 경주로 오는 소풍 학생들은 그야말로 줄을 설 정도였다. 대부분 열차로 왔는데 한 학년 학생들을 모조리 태운 수학여행 열차도 자주 볼 수 있었다. 당시엔 열차에서 삶은 계란도 팔았다. 홍익회 소속의 판매 아저씨는 바구니에 삶은 계란과 오징어, 사이다, 빵 등을 담아서 통로를 오가면서 팔았다. 그때 가장 사랑받던 주전부리가 바로 삶은 계란이었다. 그런데 삶은 계란을 먹으려면 반드시 소금과 물이 있어야 했다. 열차에서 파는 사이다를 마실 수 있다면 금상첨화였다. 봉기는 그 생각을 떠올리며 눈을 감고 잠시 회상에 젖었다.

"무슨 생각을 그렇게 골똘히 해?"

순정의 질문에 눈을 떴다.

"맞아. 삶은 계란은 반드시 사이다랑 먹어줘야 제맛이지. 근데 사이다는커녕 물조차 없이 삶은 계란을 먹는다면 어떻게 될까?"

"그야 뭐 목이 턱턱 막혀서 고생 좀 하겠지."

봉기는 빙그레 웃으며 비로소 본심을 드러냈다.

"그렇다면 아이에게 엄마가 없다면 어떤 현상이 벌어질까?"

"글쎄 나는 잘 모르겠네. 경험이 없어서."

세상에 자신이 낳은 아이를 버리고 간 엄마로 인해 졸지에 천애고아(天涯孤兒)로 추락해 버린 아이에겐 그럼 어떤 참상이 빚어질까? 필경 물 없이 먹는, 아니 누군가의 강압에 의해 억지로 먹어야만 하는, 그래서 억지춘향 강다짐(밥을 국이나 물 없이, 또는 반찬 없이 그냥 먹음)과 같은 정도로 고통을 겪어야 하는 삶은 계란과 마찬가지 아니었을까!

KTX가 부산역으로 들어서고 있었다. 승객들이 짐을 챙기기 시작했다.

봉기 부부도 부산역을 빠져나왔다. 부산 갈매기가 먼저 환영했다. 부산 갈매기는 부산 지역에서 서식하는 갈매기의 종류를 의미한다. 갈매기는 대표적인 해안 지역의 조류로, 바다 근처에서 주로 서식하며 먹이를 찾기 위해 바다와 해안을 오가는 모습을 자주 볼 수 있다. 부산은 대한민국에서 가장 큰 도시 중 하나로, 남해안에 위치해 있어 해안 생태계가 풍부하다. 부산의 해안 지역에서는 갈매기가 많이 발견되며, 특히 부산의 유명한 해안 지대인 해운대나 광안리, 태종대 등에서 갈매기를 자주 볼 수 있다. 갈매기는 주로 작은 물고기나 해산물을 먹이로 삼으며, 해안 가에서는 먹이를 찾기 쉬운 환경에 있기 때문에 많이 서식하고 있다.

또한, 부산의 해안지역은 갈매기들에게 서식과 번식에 적합한 환경을 제공하고 있어, 수많은 갈매기들이 부산 지역에서 생활하고 번식하는 것을 볼 수 있다. 부산 갈매기는 부산의 해안지역에서 자연스럽게 발견되는 조류로, 관광객들에게도 인기가 높다. 부산을 방문하면 주로 해안가에서 부산 갈매기들의 아름다운 비행을 감상할 수 있으며, 갈매기들이 사람들에게 익숙해져서 가까이 다가올 때도 있다. 그러나 갈매기는 야생동물이므로 너무 가까이 다가가거나 먹이를 주는 등의 행동은 피하는 것이 좋다.

둘은 해운대로 이동했다. 푸른 파도가 넘실대며 두 사람을 반겼다. 호텔로 들어섰다. 예약된 룸으로 들어가니 널찍한 창으로 멋진 해운대 풍광이 한눈에 들어왔다.

"정말 좋네!"

순정이 탄성을 질렀다. 가방을 내려놓은 뒤 호텔 내 뷔페식 레스토랑에서 근사한 식사부터 했다.

곁들인 좋은 술은 기분을 최고조로 끌어올렸다. 어느덧 술에 취한 봉기는 주저리주저리 말이 잦아졌다. "나, 오늘 당신에게 난생 처음으로 하고픈 고백이 하나 있는데 들어볼 테야?" "새삼스럽게 무슨? 아무튼 해 봐." "나는 사실 당신을 만나기 전에는 하루하루의 삶이 정말 고달팠어! 마치 맨날 요단강을 건너는 느낌이었다거나 할까. 일단 넘으면 다시는 돌아올 수 없는 죽음의 세계로 건너간다는 그 요단강처럼 그렇게. 그뿐만 아니라 매일 매일 지뢰밭을 밟으며 마치 검투사처럼 살아왔다고 해도 과언은 아니야. 하지만 당신을 만난 뒤로부터는 그러한 모든 압박감에서도 비로소 벗어날 수 있었지. 그래서 하는 말인데 당신은 정말 나의 은인이자 천사였어. 여보~ 당신은 비정하기 짝이 없었던 울엄마처럼 나를 버리지 않아서 진짜 고마워!" 순정이 햇발처럼 밝게 웃었다.

둘은 밖으로 나가 바닷가를 잠시 거닌 뒤 호텔로 돌아왔다. 뜨거운 욕조에 몸을 담그니 하루의 피로가 순식간에 씻기는 느낌이었다. "어이~ 시원하다!" 욕조를 나온 두 사람은 바닥에 앉아 서로의 등에 비누칠을 하면서 부부간의 애정을 재확인했다. 봉기는 그러면서 아내와 남은 생애 역시 수직선의 곧은 부부애로 살아갈 것을 더욱 다짐했다. '평행선'의 반대말은 '수직선'이다. 평행선은 같은 평면상에서 서로 절대 만나지 않는 선이지만, 수직선은 두 선이 서로 직각으로 만나는 선을 의미한다. '내가 비록 지난 삶은 그리웠던 어머니는 물론이고, 그토록 간절히 원했던 가정의 평화 역시 평행선으로 질주하는 바람에 모든 건 그림의 떡이 되고 말았다. 하지만 내 아내와 아이들에겐 나름대로 최선을 다했다고 자부한다. 덕분에 지금의 안락과 행복을 누리는 것이다. 앞으로도 내 사랑하는 가족에겐 수직선의 나눔과 배려로 더욱 사랑하리라!' 봉기의 이런 다짐은 해운대의 바닷가에 메아리치면서 격한 공감의 파도를 이끌어냈다.

이튿날 봉기 부부는 부산에서 유명하다는 사찰을 찾았다. 부처님께 절을 올리자니 문득 부처님의 이런 말씀이 풍경에 실려 은은하게 들려오는 듯했다.

"과거가 얼마나 힘들었던지 간에 넌 언제나 다시 시작하곤 하는 남다른 힘이 있었다. 이를 너만의 자산으로 알고 앞으로도 사는 동안 올바른 정신의 평행선으로 달리되 관용을 베풀 줄 아는 수직선의 고운 마음씨도 반드시 지참하여 정진토록 하라."

봉기는 공손히 합장했다. "꼭 그리하겠습니다!"

재주도 없는 작자가 소설을 처음 쓰려니 정말 힘들었다. 유명한 소설가가 존경받는 이유를 새삼 발견했음은 물론이다. 나는 사실 수필가로 등단했기에 소설의 심오함을 모른다. 그런데도 이렇게 무모한 도전을 강행한 것은 나의 별명인 '홍키호테' 특유의 '맨땅에 헤딩하기'의 도전 의식에서 비롯됐다.

소설 집필을 자꾸만 미뤘다가는 죽도 밥도 안 될 것이라는 일종의 위기의식도 한 축을 이루었다. 특히 평소 존경하는 김우영 문학박사의 독려가 큰 힘이 되었다. 작가의 영역 확장의 일환으로라도 반드시 소설을 써야 한다는 엄명을 차마 거역할 수 없었다. 아무튼 이 책은 자전적 소설이라는 사실을 강조하고 싶다.

사람은 누구나 온실 속 화초처럼 안온한 삶을 지향한다. 물론 이럴 경우 면역력이 떨어져 자생의 힘까지 상실한다. 따라서 여기서 말하는 온실 속 화초는 절대로 그런 개념이 아니다. 일반

가정처럼 부모로부터 사랑받는 자녀, 인정받는 삶을 살아가는 자녀를 에둘러 비유하는 것이다.

가정은 사회적 구성원이 형성되고 성장하는 데 매우 중요한 역할을 한다. 또한 일반적으로 가정의 본의(本意)는 부모가 자녀에게 사랑, 안정, 지지, 교육 등을 제공하여 자녀의 발달과 행복을 촉진하는 핵심이다. 그렇게 안전한 환경은 개인이 자신을 표현하고 성장할 수 있는 기반을 마련해 준다.

아울러 가정은 개인의 도덕적 가치와 윤리적 개발을 형성하는 곳이다. 가정에서 배우는 윤리적 가치는 개인이 사회적 상호작용과 윤리적 결정을 이해하고 존중하는 데 영향을 끼친다. 가정에서 제공되는 도덕적 가치와 밥상머리 교육 역시 개인의 도덕적 판단력과 행동에 긍정적인 영향을 미친다.

가정은 개인의 교육과 학습의 초기 기반까지 제공한다. 또한 가족 구성원들은 다양한 책임과 역할을 맡으며, 이를 통해 개인은 사회적 역할을 이해하고 습득한다. 이러한 것들이 씨줄과 날줄로 연결되면서 인간은 더욱 성숙하고 개인과 가족 간의 유대감까지 형성하고 확장하는 것이다.

이 책의 저술 목적은 아무리 강조해도 지나치지 않은 가정의 소중함을 천착하고자 하는 의도에서 기인했다. 더불어 마치 독불장군처럼 평행선만 달렸다가는 필시 비극과 파멸을 맞는다는 실증적 경험을 알리고자 함 역시 발간의 한 축이 되었다.

부족한 이 책의 발간에 큰 힘을 주신 많은 분께 정중히 감사의 인사를 올린다. 독자님들의 가내 평안과 건승을 축원한다.

평 행 선

1쇄 발행일 | 2023년 9월 20일

지은이 | 홍경석
펴낸이 | 정화숙
펴낸곳 | 개미

출판등록 | 제313-2001-61호 1992. 2. 18
주소 | (04175) 서울시 마포구 마포대로 12, B-103호(마포동, 한신빌딩)
전화 | (02)704-2546
팩스 | (02)714-2365
E-mail | lily12140@hanmail.net

ⓒ 홍경석, 2023
ISBN 979-11-90168-68-7 03810

값 15,000원

문장감수 한국어 문학박사 김우영 교수